Merav Bender de Safdié

#me

Editora
Labrador

A Flávio Gikovate

Sumário

Prefácio

"Escrever é o modo de quem tem a palavra como isca, a palavra pescando o que não é palavra. Quando essa não palavra morde a isca, alguma coisa se escreveu." Essa é uma das mais bonitas definições do ato de escrever, segundo Clarice Lispector.

Para ela, todo segredo da escrita se resume em fisgar a "não palavra". E o que seria essa "não palavra"?

É a sensação única diante de um fato corriqueiro. É a percepção singular da realidade por uma criança, por um escritor ou mesmo por um louco. É uma bela metáfora criada depois de viver muito, cheirar muito, ouvir muito e apalpar muito, ouvir o batimento de seu coração, no dizer do escritor mineiro Autran Dourado.

Merav, Vavi para os mais próximos, tem essa agudeza de espírito, esse olhar perspicaz, que caracteriza todo artista e, principalmente, o escritor. Embora fale português há pouco mais de uma década, ela consegue se expressar em um tom marcante, contundente, que prende a atenção do leitor.

Tanto seus poemas como seus textos em prosa trazem uma qualidade distintiva fundamental: dizem em palavras simples e concretas as questões mais profundas do ser humano. Os poemas, por exemplo, tratam de temas como o velho jogo dos amantes, o grande delírio que é a vida, a impossibilidade das relações amorosas, a ausência de sentido da vida, a mulher em frangalhos, o fim do amor, a escrita que não deve insinuar nada, e até mesmo a bela imagem de um pardal num fio elétrico assistindo a uma vida que não é a dele.

Em prosa, desde os primeiros exercícios de escrita, como o monólogo de "Uma prostituta se olhando no espelho na madrugada", Merav já demonstra uma visão não maniqueísta do mundo; seus textos não são superficiais, nem esquemáticos. As descrições físicas e psicológicas se unem, dando um retrato bastante verossímil da personagem.

Outro texto do início de sua carreira é "Ônibus número 5": um impactante relato de explosão de um homem-bomba dentro de um ônibus na cidade de Tel Aviv. A riqueza de detalhes desse conto revela com nitidez a vivência da autora, que passou toda a infância e a adolescência em Israel.

Com o tempo, seus escritos adquirem um tom mais ficcional, abordando com originalidade temas comuns, como a solidão no casamento e fora do casamento, no conto "Glória", a paixão de uma jovem por um homem casado e bem mais velho que ela, em "A história de Toli", ou a dificuldade de se manter lúcido quando se está vivendo uma paixão avassaladora, retratada em "O duelo". A visão aguda e singular da realidade se mostra com propriedade em "Sárale", em que uma historiadora israelense revive as atrocidades do Holocausto nas ruas de Berlim, em 2010.

Seus textos mais recentes, como "Liberdade" e "A conversa", ganham em fluência, adquirem um ritmo pulsante, conquistam uma pontuação mais livre, um vocabulário de quem já domina o idioma, o que era bem difícil para quem só começou a escrever em português quando chegou ao Brasil.

Em "Liberdade", o relacionamento entre pai e filho é visto sob a ótica de um adolescente que foge de casa para viver livremente. A solidão e a angústia do jovem são muito bem descritas enquanto caminha pelo deserto de Neguev, em Israel.

Em "A conversa", é descrita a história de uma mulher rica, casada e com filhos, que abandona tudo e todos para viver com outra mulher, sua grande paixão. Trata-se de um texto muito ágil, vivaz, que prende a atenção do leitor da primeira à última linha.

Os escritos da Vavi fazem jus à citação de Clarice Lispector: as palavras mordem a isca.

Caro leitor, fique em boa companhia dos textos dessa escritora iniciante, que é, sem dúvida, uma pescadora de "não palavras".

Chico Moura
Professor e autor de livros didáticos e obras sobre produção escrita

No abismo de seu corpo

Entre os pelos aveludados da minha vagina
Sua cabeça vai se perder
Molhada de mim e de pingos de seu suor
Entre as minhas coxas firmes
Perderemos nossas virgindades
Lá, eu deixarei minha última infância.

Entre um toque e outro, entre uma imersão e outra
Acabará o nosso momento
Quando seu olhar capturar o meu,
Não terá abrigo para minha alma
Então vou descer no abismo de seu corpo
E respirar cada partícula de seu ser
Acariciar e teclar nele
Meu peso repousará sobre a sua pele estendida.

Você inspirará através de mim
A respiração de um homem que não está mais só
Colará a sua boca no meu mamilo esquerdo
E o trará dentro de você como amante sabe fazer
Seremos um só quando eu perguntar
Se você é mesmo você
E quando nos despedirmos
Quem será você e quem serei eu.

Uma prostituta se olhando no espelho na madrugada

Sou daquelas mulheres que se vendem pra sobreviver. Nasci em Praga. Minha mãe também era esse tipo de mulher. Eu não sinto dor. Não a dor física. O homem entra e sai, eu procuro não sentir. Eu não estou lá para sentir. Eu estou lá pra servir. É meu ganha-pão. Ninguém vem procurar comigo o amor. Os sentimentos que batem à minha porta buscam remédio pra frustrações, mágoas, decepções. São homens que precisam do colo sem condições. Aqui, eles pedem para esquecer a falência do amor. Alguém com quem eles podem talvez lamentar as dores de amor. Ninguém me pede pra amar. Eu estou junto somente por estar. Meu corpo está. Minha mente acompanha. Ela está atendendo. Às vezes, preciso usar uma psicologia mais elaborada. Em geral, é a minha intuição que prevalece. A intuição e a experiência são meus principais assistentes. Impeço meu coração de pensar. E a minha alma, bem, a minha alma sofre, ela é envolvida a cada instante, não teria como isolar a alma do meu físico. A minha alma, tenho que admitir, é sofrida. Sim. Na próxima vida terei que cuidar mais dela. Sempre olho pro relógio que descansa imóvel no centro da cômoda em frente à minha cama. Um relógio antigo de madeira escura. A minha mãe o usava. O relógio é meu sócio. Eu não posso me permitir perder a noção do tempo. Não posso deixar uma visita se prolongar. Ela perde o seu valor. Cada visita tem começo, meio e fim. Como numa peça de teatro, tem um momento decisivo em que a magia acaba. O mistério evapora. Atrás desse mistério esconde-se um vazio que assusta e estraga o prazer. Além de ser meu sócio, o relógio é minha testemunha. Ele vê tudo que passa entre o cliente e eu. Ele vê os corpos enrolados. Me vê de frente, de trás. Me vê sorrindo. Paciente. Me vê diferente. Me vê atuando, concentrada, ocupada. Quando fico sozinha, como agora, eu imagino que o relógio me grava durante o tempo todo. Me divirto com a ideia de que, além de ser um relógio, ele seria uma câmera escondida. Poderia ser o melhor *reality show*. Eu poderia ser a maior cineasta do mundo se filmasse os dias e as noites embaixo deste teto. Nunca quis mudar de profissão. Nunca aprendi a fazer outra coisa tão naturalmente. Nasci prostituta. Minha mãe falava que todas as mulheres são. Que elas não admitem, que elas talvez nem saibam, mas que toda mulher, por mais poderosa que seja, é uma prostituta. Se mulher dá sexo pro homem, sem amor, a fim de receber algo em troca, então ela é uma puta. Sempre chega uma hora que a mulher faz sexo com seu homem sem mais desejar. E sempre chega a vez que a mulher faz sexo com a intenção de receber algo em troca. Tirar algo do homem, mesmo que não seja algo material. Quando o corpo é usado no sexo como uma moeda de troca, o corpo está sendo prostituído. Então, minha mãe tinha razão. Somos todas putas. Eu falo que os homens também são putos como as mulheres. Quem transa manipulando, e não pelo prazer do sexo ou por amor, esperando tirar alguma vantagem da mulher com quem está, é nada mais que um puto. E já que todos fazem isso, então o mundo inteiro é feito de putos e putas. Não tenho vergonha da minha profissão. Pelo menos eu declaro abertamente o que quero receber em retorno. Ultimamente, vejo meu corpo cansado. Ele já não é mais como era. Tem horas que a pele lisa, as pernas compridas, a barriga chapada e os braços definidos viram, aos meus próprios olhos, um cadáver, uma múmia, sem ar, sem o lume da vida. Nenhum de meus membros quer mais se mover. Meu corpo deseja ser esquecido e deixado em paz. Sem ser tocado, explorado, invadido. Ele quer estar só.

Hoje comecei a trabalhar logo de manhã. Tenho um cliente fixo que sempre vem cedo. Ele gosta de começar o dia comigo e, só depois, assim me conta, segue pro seu escritório. Ele gosta de me ver de camisola, ainda adormecida, sem maquiagem. Talvez ele invente de brincar que dormimos juntos. Eu não discuto gosto. Tenho as minhas regras, mas elas têm poucos limites. Não peço explicações. Em geral, somos todos bem semelhantes. Todos queremos as mesmas coisas. Os modos, sem contar os perversos que recuso atender, pouco diferem uns dos outros. Cada um se vê único, mas o comum entre eles é maior que a diferença. Essa noite, vi dois homens. Dois clientes antigos. Pode parecer uma merda de fidelidade, mas eles são fiéis. Já os vi noivar, casar, divorciar, mas eles voltam para mim. Um deles me machucou sem querer. No ato. Não doeu. Já falei que aprendi a isolar a dor. Mas sangrou. Já sarei, passou.

Minha mãe me mostrou a força que uma mulher guerreira tem. Ela era uma trabalhadora abençoada. Iluminada no que fazia. Ela curtia essa vida de mulher de ninguém e de todos. Valente, ela não temia a vida e não temia a morte. Ela trabalhava com paixão, mas cultuava o sofrimento lento. Tudo com ela era intenso. Ela precisava sentir que existia.

Vivia às margens da vida, glorificando um sofrimento cármico. Algo que trouxe com ela da sua vida passada. Ela cultivava o diálogo com aquela nuvem preta que circulava sobre sua cabeça e tirava a sua paz de espírito, convidava as inquietudes e as doenças. Ela pagava na vida por tudo que fez e não fez. Vivia com culpa. Sua personagem preferida era a do mártir, da vítima. Fez tudo para não ser feliz. Sem medo das agonias da vida, ela estava com medo da felicidade. Consumida de corpo e alma e ainda com medo de ser feliz. Minha querida mestra mãe. Quando eram quatro horas da manhã, logo depois que o último cliente saía, ela costumava tomar banho, vestir seu roupão preto, porque branco ela não costumava usar, acender seu cigarro, tomar um café com leite sem lactose e rezar. Ela conhecia a *Bíblia* inteira, era seu livro de cabeceira, ela decorava todas as histórias das prostitutas envolvidas na vida dos reis e de seus guerreiros. Sempre elogiava aos meus ouvidos o poder magistral das prostitutas. O trabalho importante que faziam na escuridão. A liberação que trouxeram pro homem. O bem que causaram e as suas influências no mundo fora de seus quartos. Ela me contava, e eu escutava e pensava o quanto mamãe alucinava. Na época, não acreditava quanto poder um corpo só poderia ter. Minha mãe faleceu quando não havia mais visitas. Ela não tinha mais por que sofrer. Não tinha por quem esperar, a quem orientar, quem pôr no trono. Ninguém gosta de puta velha.

São quatro horas da manhã agora, fiquei sozinha. Vou começar a me limpar. Primeiro, tirar de mim esses cheiros fortes. Cheiro de queijo estragado, cheiro de leite que foi deixado no copo de vidro embaixo do sol quente e apodreceu, cheiro de animal morto, caçado, lambido, mexido. Passarinho, gato, rato. Nunca fica um cheiro bom. E o gosto, então, o gosto é de sangue velho, de uva podre, de ovo rachado, algo entre o azedo e o amargo. O gosto de merda, de sujeira, gosto de homens mal-resolvidos, mentirosos, enganados, corruptos, viciados, mal-amados, ingênuos, feridos, coitados. Gosto da falta da fé, da sorte não pegada, do medo não vencido. Gosto da perdição. Com minhas narinas eu já saboreei os caminhos tortos da vida desses homens, eles vestem um suor errado, já senti na pele deles um aroma de metal enferrujado. Um cheiro de lixo esquecido na beira duma estrada afastada e isolada, indo pra nenhum lugar.

Tomo minha ducha, esfrego bem meu corpo. Os cantos, as dobraduras, os ângulos, os poros dilatam, depois se fecham naturalmente. Tenho escovas e esponjas feitas de cabelos de rabo de cavalo. Esfregando bem. Lavo meus cabelos compridos, castanhos, lisos, embalo eles de espuma, esfrego ainda mais, tento tirar os traços da energia, tento arrancar a memória das células. Passo as mãos no pescoço, lá onde a pressa é arrastada quando é caçada. Desço pelos meus ombros vastos que parecem ombros de homens pra quem queira ver neles ombros de homens. Desço pela barriga, com movimento circular, limpo ela e penso no útero que se esconde por trás. Vou para as coxas, firmes, e entre elas encontro a minha tristeza. Eu também queria gozar. Pego a toalha. Seco bem os dedos dos pés. Conto eles, são dez. Limpo bem os dentes, enfio o fio dental, insisto nos buracos. As sobras dos líquidos saem e se reúnem no centro da minha boca inferior. Provo. Não tem como não provar. E lembrar. Outra vez vivo o homem que saiu daqui. Ele deixou seu mundo em minha boca. Faço essa faxina todas as noites. Não deito sem ela. Saio do banho e visto o roupão branco. Pouso em minha cama imensa, desarrumada. Nessa cama minha e de todos. Poderia fazer um dormitório só para mim, e ter uma cama separada só para atender. Mas meu ser se fundiu com meus homens. Deitada, a cabeça no travesseiro, encontro de novo o cheiro que quis tirar de mim. Cansada pra refazer a cama. Sem energia pra tirar os lençóis e pôr outros limpos. Quem terá fôlego pra mudar a roupa de cama às quatro da manhã? Deito e olho pra cima. O teto está mais preto que branco. O preto do mofo marcado nas paredes se espalha seguro para todo canto. Uma vergonha. Mexo no meu peito, no ventre, quero chorar. Essa casa precisa de uma reforma urgente. Ligo a televisão, um documentário do Netflix poderia me salvar da agonia que se instala sem se anunciar. Tomo um gole do chá verde que preparei. Não acho nenhum filme bom no Netflix. Mudo pra NET. Um garoto-propaganda me lembra um rapaz que já veio aqui, talvez até seja ele mesmo. Me lembro que amanhã marcou para vir aqui um cliente estrangeiro, da Grécia. Ele parece um deus grego, todo musculoso, esculpido, queixo bem-desenhado, um belo homem. Nunca o vi gozar. Toda vez penso que ele não voltará mais. Eu não consigo servi-lo. Mas ele marcou novamente para amanhã, no fim do dia. Gosto dessa hora. Entre o dia e a noite. Nada definido. A hora que o dia não terminou e a noite não começou. Vou querer vê-lo aliviado amanhã. Vou fazer de tudo para ele gozar. Eu gosto de vê-los assim. Olho para eles quando eles vêm. Adoro ver um homem vencer. Livre nas minhas graças. Flutuando. Sobrevoando. Ler o que está escrito no rosto do homem enquanto goza é ler as páginas mais escondidas da vida dele. As dores, as correntes, as esperanças, as saudades do colo da mãe, dos seios da mãe. Tudo está escrito lá, visível por um só instante.

Agora quero chorar. A garganta está me pregando. Isso acontece, às vezes. Quero uma pele. Poderia ser qualquer ombro. No trabalho não deixo a minha cabeça cair e se largar no ângulo duma outra cabeça. Minha mãe me ensinou que isso não se faz. Meu peito pesa, as vozes da televisão ainda ligada parecem ficar mais e mais longe daqui. Não aguento mais ficar deitada. Levanto e sento na beira da minha cama, a única cama que jamais tive. Passo as mãos nos meus cabelos ainda molhados da ducha, cubro meus olhos como para rezar. Os dedos se molham das lágrimas diluídas com a fragilidade que derruba de dentro de mim. O espelho de frente da cama me espiona, firme na parede. Eu olho para ele e peço para entender o que ele compreende. Choro em silêncio, está doendo tanto, me dobro, meus braços me abraçam na altura do útero, estou me quebrando. O relógio toca cinco vezes por hora. Ele me lembra quem eu sou. Meu administrador, meu sócio. Mais um gole de chá verde que já esfriou. Me acalmo. Amanhã virá aquele grego, ele vai tentar sentir, e eu vou ajudá-lo ainda mais. A mente dele deve estar travada, talvez por algum trauma, mas isso é outra história.

Fora, o nascer do dia parece ser mais preguiçoso que sempre. O tempo está chuvoso. Uma garoa leve que não molha ninguém toma conta da paisagem. A cor cinza-escura, espalhada, está mais clara que dentro de minha casa. Posso tomar outra ducha quente e tentar novamente me relaxar. Não é fácil se desligar. Minha mãe falava que uma puta deve saber relaxar.

Pego na mão a *Bíblia*, meu livro de cabeceira. Vou ler a história de um rei e adormecer. Com o livro no colo, estou viajando na Grécia. Meus olhos fecham.

Como átomo

Oca, quebradiça, franzina,
como semente esquecida,
como uma gotícula da clara de um ovo rachado
onde flutua o pintinho.
Como um nada repleto de desconhecido, estranho,
um pouquinho de nada.
Como uma imperceptível rajada de ar
num dia abrasador,
como uma gota de chuva na seca da vida,
como uma vírgula numa fração de tempo,
como uma fração de um milésimo de segundo,
algo nada conhecido,
como a sombra da faísca do início da vida,
efêmera na infinitude do tempo que retorna
e retorna e retorna,
como átomo,
como partícula,
assim eu me sinto.

Ônibus número 5

Estava cansada de andar nas ruelas do centro de Tel Aviv. Às vezes, as distâncias que parecem pequenas enganam. Uma caminhada de um quarteirão junto a mais um quarteirão, embaixo do sol que não teme ninguém, pode mexer mesmo com pernas jovens.

Subi no ônibus número 5. Nunca pego o número 5. Já andei no número 24 para ir à casa de meu avô, no número 27, para ir ao colégio, e no 13, quando o 27 demorava a chegar. Mas nunca peguei o número 5, que circulava fora de meu bairro. Essa foi minha primeira vez na linha. Ainda em pé na calçada, perguntei ao motorista se ele ia até a grande avenida. Subi nesse maldito ônibus. Meu destino me esperava quieto. As velhas árvores dos dois lados da rua, com sua cor verde-escura, repletas de folhas vastas, esconderam o terror que estava por vir.

O ar úmido vindo da proximidade da praia não revelou nada de irregular. Era um dia qualquer. Eu estava de férias escolares de verão. Terminei com sucesso meu segundo colegial e, me sentindo adulta, esperava que as férias acabassem logo pra entrar no meu último ano da escola e, assim, começar a minha vida. Fui até o centro da cidade para comprar um novo par de tênis para mim. A loja que vendia tênis importado se situava na grande Avenida Dizengoff no centro da cidade. Naquela época, um novo par de tênis era um verdadeiro objeto de desejo para todos os jovens. Não era qualquer um que podia se oferecer um par de tênis importado. Mais que isso, a minha ida sozinha até o centro de Tel Aviv era o grito de independência que tanto queria provar para meus pais. Não via a hora de crescer. De sair do domínio de meus pais, de ser a dona de meus atos e do meu destino.

O ônibus passou perto da calçada. Quando parou e as portas se abriram, eu me entusiasmei com a ideia de improvisar uma carona, e quando o motorista respondeu que chegava aonde eu iria, pulei para dentro como faria toda garota contente com sua inesperada aventura. Aliviada de não precisar mais me arrastar no calor que reinava por todos os lados, me sentei no primeiro lugar vago. Meu assento ficava próximo ao motorista, com quem contei pra me avisar quando chegássemos mais perto da grande avenida. Eu estimava uma viagem breve de duas ou três paradas.

Quem costuma andar de ônibus sabe que assim que se senta deve-se procurar fixar o olhar através da janela. O viajante começa por olhar o mundo de fora, onde assiste à vida passando como num filme. Logo, o olhar começa a focar no vazio e deixa os pensamentos rolarem na sua mente. Os prédios, as árvores, os carros que circulavam em volta e os pedestres, todos parecem figurantes, passando como um *décor* perfeito no fundo dos pensamentos. Os figurantes não incomodam o que redige a mente. Uma harmonia delicada se forma entre o mundo de fora do ônibus e o mundo de dentro da cabeça do viajante. O ônibus andava devagar, balançava em cima de suas grandes rodas, e as frequentes mudanças de marcha lembravam a sensação do chacoalho de carrinhos de bebê. Somente o freio súbito, acompanhado do ruído de freio gasto, interrompeu a meditação que se instalou provisoriamente na mente daqueles que sonhavam. Em algum momento, as pálpebras pediam para apagar a luz que vinha de todo canto, para cobrir os olhos e ficar em paz. Mas a claridade onipresente na Terra Santa não deixa ninguém sonhar por muito tempo. Sem vontade de desafiar o sol, eu abri os olhos e olhei, então, a minha volta. Meu nariz procurou a fonte do cheiro. Aquele cheiro verde me era familiar. O cheiro me lembrava a casa do meu avô. Era uma mistura de salsinha, salsão, coentro e hortelã. Segui com meus olhos o cheiro até parar na velhinha que sentava próximo de mim. Ela parecia estar sofrendo, ainda mais que eu, do calor do final da manhã do mês de julho. Aos seus pés, com aquele jeito próprio de uma veterana da vida, ela segurou apertando entre suas pernas as sacolas de feira, cheias de verduras e frutas. Suas pernas pesadas e grossas ficaram à mostra embaixo da saia larga da cor da terra. Sua regata preta que apertava sua barriga redonda deixava aparecer o traço marcado do suor acumulado, que era uma tonalidade ainda mais escura que o preto da regata. Os aromas de suor se confundiram com os das verduras e se misturaram com a densidade da água no ar. Pensei nas longas horas que essa velhinha devia ter gasto em frente às bancas da feira, uma ou duas vezes por semana, há anos e anos, escolhendo, quase que colhendo, cada peça que ela acabou levando pra sua casa. Verduras que vão virar, talvez ainda hoje mesmo, canja, purê, salada ou qualquer outro prato para acompanhar o frango que ela assaria no forno. Ela era parecida com a minha avó Hanna. Dona do lar, sempre com seu avental de cozinha, um pano de prato ajustado na cintura, os cabelos compridos mal tingidos, amarrados por trás dos ombros, um sorriso generoso, porém cansado, e seus olhos bondosos, com a pele branca que veio junto com ela do tempo feio da Polônia. Passando a vida criando os filhos, três meninos, cozinhando e limpando o apartamento. A minha avó vivia como se a vida se resumisse a matar a fome e cuidar da casa.

Dentro do ônibus o ar estava mais abafado que na rua. As janelas estavam todas abertas ao máximo, o que não passava da metade do tamanho da janela. Quando parava no trânsito, o ruído do freio e a falta da brisa acordavam os viajantes de seus sonhos e aceleravam a pressa de todos. Mais por trás, veio um chorinho de neném. Virei meu queixo e vi o neném colado no colo da mãe. Os corpos dos dois se fundiam. Não tinha como não serem mãe e filho. Ele, por razão do calor, e não por negligência da mãe, estava sem camisa, somente com a fralda e um calção leve de algodão. A mãe, com regata branca, era uma jovem mulher, com a pele esticada, o queixo desenhado, uma linda mulher. Uma trança armada no cabelo castanho e saudável descia da cabeça dela e seus olhos claros brilhavam, tanto do calor como também do cansaço que podia ter acumulado nas noites sem sono cuidando do neném. Eu sempre sonhava com o dia em que estaria segurando meu bebê no colo. Desde jovem quis ser mãe. A jovem e linda mulher murmurou algo no ouvido do seu neném, algumas palavras que só mães sabem dizer e somente os nenéns conseguem entender, pois ele se aquietou naquela hora. Uma gota de suor brotou do meu olho, eu deixei-a percorrer lentamente o meu rosto.

Sentado perto deles estava um soldado de uniforme não muito verde. Uniformes que não eram muito verdes pertenciam a quem não era novato no exército. Ele estava escutando música com fones de ouvido. A cabeça apoiada na janela, fixando seu olhar pra fora do ônibus. Olhou sem ver nada, mergulhado em seu próprio mundo. Eu não consegui descobrir para qual departamento do exército ele servia, pois a marca pendurada embaixo de seu ombro esquerdo estava virada em direção à janela. Tentei adivinhar a qual setor ele pertencia. Adorava fazer isso com desconhecidos. Ler a vida deles sem saber nada. Mas, desta vez, não consegui formar uma ideia. Esse soldado podia cumprir qualquer papel. Motorista de caminhão, tanquista, médico, até poderia ser músico numa das bandas do exército. Nós precisamos ter de tudo no nosso exército. Um exército de milícia é feito de todo tipo de gente.

Meu pescoço começava a doer de tanta torção. Voltei-o pro lugar e olhei reto. O motorista estava bem concentrado na direção. A velhinha estava com os olhos fechados, as sacolas retas e quase imóveis entre seus joelhos. Ao lado dela sentava um jovem moço que não deveria ter mais que trinta anos. Com a barba por fazer, jornal dobrado nas mãos, ele resmungava toda vez que o ônibus parava. Mexia-se em seu lugar como para manifestar o incômodo com a viagem que não acabava. A velhinha não parecia ter anotado a impaciência de seu companheiro de assento e continuava com os olhos bem fechados. Eu pensei comigo que, com trinta anos vividos, o moço já devia saber que as paradas do ônibus fazem parte da viagem. Eu, com dezessete anos, já sabia que, na vida, a gente anda, para e continua, às vezes até anda pra trás, reflete, toma um ar, força e avança novamente. Tudo isso fazia parte dos movimentos da vida. Era claro para mim que seu estresse não tinha nascido de lá, não era por causa do trânsito nem do calor. O coitado estava ainda contaminado pela ilusão de poder ter o controle de algo. Algumas pessoas necessitam de mais aulas que as outras até entender que tudo nos escapa, que ninguém nos deve nada, que somos pó no vento, um grão de pó entre tantos outros.

Os últimos a subir no maldito ônibus, antes da explosão, foram os dois namorados. Não tinha como não ver que estavam apaixonados. A alegria deles trouxe pra dentro do ônibus uma leveza inesperada. Veio deles um ar fresco com cheirinho de bom banho recém-tomado. Banho que tomaram os dois juntos logo após os seus gritos de prazer. Os dois trocaram beijos o tempo todo. Ele olhava para ela e logo a beijava. Ela não tirava o sorriso do rosto, feliz com a felicidade que causou no amante. Iluminados, leves e soltos. Eu me lembrei da primeira vez que beijei de verdade, com jogo de língua e todo o resto. Não fazia tanto tempo. Na época, eu tinha 15 anos. Eu me entreguei a um moço grego que me impressionou, talvez porque ele era mais velho que eu e porque era lindo, rebelde e diferente de tudo que conhecia. Meu pai cortou meu relacionamento com ele. Meu pai simplesmente me proibiu de vê-lo. Foi assim que terminou.

O ônibus se aproximou do cruzamento do farol da grande avenida Dizengoff. Através da janela dava pra perceber que a avenida estava, como sempre, cheia de gente, andando pra lá e pra cá. Aquele horário próximo ao meio-dia é movimentado no centro de Tel Aviv. O motorista diminuiu a velocidade e se preparou para encostar em seu ponto. Meu ponto. Ele ainda teve a moral de me procurar no seu retrovisor e verificar se eu estava prestes a descer. Eu me levantei, chamei meus membros recuperados da minha recente caminhada. Minha camisa estava inteira molhada nas costas, de tão suada que fiquei. Me dirigi até a primeira porta do ônibus, a mesma por onde subi, perto do motorista. Lembro que lancei o último olhar na direção daquela linda e jovem mãe e seu filho. O neném estava sossegado no colo dela, de olhos fechados, talvez adormecido, ela roçava os lábios na testa dele, para apalpar, beijar ou só pra lhe dizer que ela estava ali. Por alguns instantes fiquei de pé, aguardando o ônibus encostar perto da calçada e as portas se abrirem. Pensei no calor que me aguardava lá fora e no par de tênis que ia comprar. Pensei também na minha mãe que poderia estar orgulhosa ao me ver me virando sozinha no centro da cidade. O homem de trinta anos já começava a manifestar seus sinais de irritação, inquieto em seu lugar, os jovens namorados abraçados, se beijando sem nem tomar ar, o soldado parecia estar boiando numa paz de espírito, escutando seu som no ouvido, e a velhinha veterana parecia estar dormindo de verdade, até que quase que soltava o esforço que fazia entre os seus joelhos para manter as sacolas de feira em pé.

A luz forte do fogo vindo de lugar nenhum invadiu a nossa existência, bateu nas janelas, quebrou os vidros das portas, preenchendo o ar com sua crueldade. A força da explosão me empurrou violentamente para fora do ônibus. Pelo forte impacto fui jogada na calçada até parar encostada no muro de pedras em frente a um prédio. O barulho tampou nossos ouvidos. Fiquei cega por alguns instantes. Meu corpo não estava comigo. Era leve como um nada. Eu era um ar tremendo. Não tinha mais como pensar. A razão perdeu toda a referência. Não tinha como saber o que ia acontecer. Minha alma circulava entre as paredes de meu corpo. Eu me perdi no espaço. Não era mais o mundo que conhecia. O estrondo da explosão era o maior barulho que tinha escutado. A terra que estava embaixo de mim era estranha, ela quase se abria, ela não era a terra firme que me acolhia. O fim estava lá, junto comigo.

Depois do fim veio o resto do fogo e me mostrou que tinha mais para anular. Ele queimou tudo em volta. Como se alguém tivesse preocupado de não deixar lá nenhuma prova de vida. Fazer como se nada nunca tivesse existido. O tempo era de agonia, de destruição e de morte. Gritos, uivos, choros, berros e cheiros. Cheiro de pena, cheiro de perda, de raiva, cheiro de vida plena assassinada sem remorso. Cheiro de cadáveres queimados. Gritos de dor, de sofrimento, de medo de mais dor. Uivos pedindo ajuda. As sirenes chegaram. Suas luzes vermelhas e azuis apareciam entre as chamas laranjas cruzadas do fogo que não parava de queimar gente viva. Alguns deitados, outros se arrastando e, mais longe de mim, gente correndo. E eu. Junto com o que deveriam ser meus braços e mãos, palpei a minha cabeça, ela estava inteira, procurei o delírio, não achei, estava tudo acontecendo ali, real. O mundo pintado em vermelho de sangue e preto de queimado. Quis mergulhar numa água profunda, quis voltar para a barriga da minha mãe, ou de qualquer outra mãe. Quis achar um túnel que me levasse para outro mundo, que me salvasse do horror. Mas não tinha como ir. O eco do tremor vibrou dentro de mim por uma eternidade. Sentia a culpa ardendo em mim. A culpa de ter ido sozinha ao centro, traindo meus pais em nome do meu ego que chamei de independência. Achando que já sabia o que era melhor pra mim. Nos últimos tempos, as brigas em casa ficaram mais e mais insuportáveis. O clima entre meus pais virou um inferno. Minha mãe nunca foi feliz com a vida que levou. Ela era a mulher mais linda que jamais vi, que casou com dezoito anos e me teve um ano depois. Passava a vida dela com a frustração de quem não vivia as emoções que a vida tinha a oferecer. Meu pai, pela natureza dele e pela frustração dela, andava bravo e tenso, e ela ficava ainda mais triste e mal-amada. Eu não via a hora de sair de casa e construir a minha. Longe deles, diferente de tudo que vi ali. Tinha dias que as brigas eram por minha causa. Ela me defendia e ele só xingava e dizia que ela não sabia me educar. Jogada na calçada, à minha volta uma violência aterrorizante, uma solidão imensa me inundou, e eu só quis saber da minha casa, por ruim que fosse, ela era minha fortaleza. Pela primeira vez eu imaginava que podia ser mais meiga com os dois. Meus pais, de quem eu queria tanto me afastar, eram o centro de meus pensamentos. Tudo bagunçava na minha mente, o meu grito de liberdade parecia ser precoce e imaturo, e só me trouxe problemas. Se eu não fosse tão teimosa, não ia me achar entre as chamas e os gritos da morte. Jurei que, se saísse de lá viva, me tornaria uma filha obediente. Não apresentaria mais problemas. Não namoraria "elementos" negativos, como meu pai os chamava. Não pediria pra minha mãe ficar do meu lado contra a dureza de meu pai. Aceitaria os mandamentos dele, por mais cruel que fosse, sem negá-los. Falaria com os dois pra não pensarem em se separar, pra não brigarem nunca mais. Pediria pra eles se abraçarem e se beijarem. Eu nunca os vi se beijando. Choraria e explicaria que crescer numa casa infeliz doía e destruía a vida do filho. Que casamento não é somente amor, ele é um projeto. Que eles têm que buscar o respeito que tinham quando casaram. Ressuscitar o compromisso com o projeto. A chama do amor podia ter sido calada, mas ela não tinha morrido. Ela devia estar lá em algum canto dentro deles. Jatos de água começaram a bater em mim. Parecia que o céu se abriu e veio me salvar. Água e mais água. Pessoas de uniforme. Policiais, médicos e bombeiros. Teve um instante solitário durante o qual tudo se calou duma vez. Ninguém mais gritou por ajuda. O silêncio estranho me intimidou. Era um silêncio mortal. Como se algo superior conspirasse na hora da elevação da alma e mandasse o mundo se calar. Era o instinto vital do último respeito do humano pro humano. A hora que a alma deixa esse mundo e vai pro outro. As chamas ferozes se desarmaram pouco a pouco, no tempo delas, frente aos jatos de água. Não foi a chuva. O céu chorava assistindo. Ele não tinha lágrimas. Um policial ajoelhou-se ao meu lado e me cobriu com uma manta. Eu estava tremendo, dura e com frio. Eu sentia muito frio. Os religiosos encarregados de catar as migalhas dos corpos no local não perdiam o seu foco. Com uma agilidade esquisita eles procuraram ao redor, olhando somente pro chão, juntaram os pedacinhos a ser identificados e inteirados juntos com o que sobrara dos corpos. Migalhas de gente espalhadas, guardadas em sacolas plásticas, para os ratos e os gatos não comerem. O policial insistiu em ajudar a me levantar e me tirar da calçada. Eu me apoiava nele como no único ser que existia na Terra. Meu corpo demorava a lançar um passo após o outro. Eu andava e parava. Não tinha como seguir.

Pisei em cima de verduras amassadas, restos de abóbora, pisei em cima de roupas rasgadas, queimadas e molhadas, pisei em cima de fones de ouvidos sem aparelho conectado. Vi o homem de trinta anos deitado perto do que sobrou da roda do ônibus, ele não resmungava mais. Procurei a velhinha, a minha veterana da vida. O policial me pedia que continuasse a andar até a ambulância, mas eu não podia deixar meus companheiros de viagem pra trás. Eu os procurava ao meu redor, quis achar todos eles. Procurei o neném, mas já não podia ouvir seu choro. A trança da mãe apareceu atrás da grande sacola de plástico com a qual alguém a cobriu. O neném não estava ao seu lado, a explosão separou os dois. Ela deitava sem vida e sem ele. E os namorados, onde estavam os meus namorados? Eu fiquei de pé, segurando o policial, minhas pernas tremiam, girei a cabeça, a luz do meio-dia deixou tudo a postos, tudo visivelmente muito claro, não tinha sombra nenhuma, tudo gravado na minha cabeça assombrada. Procurei os namorados, os dois amantes, a leveza deles, procurei o amor, procurei aquele ar de quem pediu pra viver só de amor, mas não achei, não cheirei, não tinha traços disso tudo.

Nunca saberá

Você nunca saberá, jamais saberá
Por que ele parou de te amar,
Se é que te amou, algum dia.
Nada saberá sobre o fim,
Nem se, no instante derradeiro,
Esse amor merece existir.
Você guarda as lágrimas com a sua bravura,
Foi amor, ou mais um de seus devaneios?
O que tinha na outra que não tem em você?
Talvez ela estivesse quando você faltou
E sabia atraí-lo para dentro de si,
Você era graciosa, pouco má,
O que tinha nela que o cativava,
Por que ela e não você?
Ela o terá quando quiser,
Ela fará com ele tudo o que sonhou.
Talvez porque ela sentava na frente dele
De pernas abertas, passando entre elas os dedos,
Como os seus, os dedos dela eram finos e compridos.
Talvez, oferecida de meias-calças de renda,
Rasgadas, pretas, com uma fenda arrombada
À espreita do que viria,
Ela o agarrou para que a possuísse,
Como você nunca soube fazer, e jamais saberá.

A história de Toli

Toli voltou da corrida encharcada de suor. Sua pele lisa brilhava como ouro. O resto da camada do protetor solar espalhado no corpo melava com a umidade do suor e dava ilusão dourada ao tom já bronzeado da sua pele. Suas curvas definidas pela ginástica cotidiana e aquelas linhas ao redor dos músculos trabalhados, rentes ao longo dos membros lindos que ela recebeu como dádiva da natureza, revelaram ainda mais a beleza desenhada de seu ser. Ninguém diria que ela acabou de festejar 35 anos.

A casa de praia que alugou pelo fim de semana, junto com os colegas do grupo de treino de corrida, estava visivelmente arrumada e limpa. Ela tirou os tênis cheios de grãos de areia da praia que restavam lá grudados, embutidos na sola, firmes, vestígios dos passos perseverantes de uma corredora que não hesitava em usar os pés, as pernas, o quadril e suas articulações com vontade e alegria. Foi uma corrida relativamente curta de oito quilômetros, sem exageros, seguindo as recomendações do técnico, alternando as velocidades a cada dois minutos e caminhando bastante, ao final, para relaxar as enzimas e as fibras dos músculos recém-forçados. Só um lembrete pro corpo, um recado dado que ele vai ser usado nesse fim de semana para sua primeira prova de corrida de maratona. Ela cumprimentou brevemente e de longe os colegas que estavam sentados, de pernas pra cima, na vasta sala aberta inundada com a luz do dia. A luz natural do litoral norte paulistano ultrapassava os vidros das amplas portas e janelas que cercavam a casa. Toli bateu sua vitamina de proteína misturada com uma banana, uma maçã e cinco tâmaras no liquidificador que tinha trazido na mala. Sem falar mais nada, ela foi se dirigindo ao seu quarto. Procurou o celular que tinha deixado carregando na cômoda perto da cama e verificou se Nissan tinha ligado. Havia três ligações não atendidas, todas vindas de um número desconhecido. Devia ser Nissan que estava tentando falar com ela. Ele estava viajando com a esposa e os dois filhos. Viagem de barco nos mares das ilhas da Grécia. Aquele país mágico que ela já tinha visitado várias vezes com seus familiares e amigos, mas nunca com Nissan.

Ela ia retornar a ligação naquele mesmo instante. Precisava falar com ele. A saudade era terrível. Fazia somente dois dias que ele tinha viajado e ela não parava de pensar nele. Foi a maior falta de alguém que ela jamais vivenciou. Com seus 35 anos, esse vazio todo era novidade para ela. Antes de Nissan, com os outros namorados, era sempre ela que sumia. Sempre ela que viajava ou procurava sair, seja para trabalho, para férias ou por qualquer outro motivo. Precisava de um tempo somente para ela e não via necessidade de levar qualquer namorado junto. Seus pais já tinham perdido a esperança de ver a filha casada e com uma família constituída. Já viviam a infelicidade de ver que Toli não tinha sido feita para a vida compartilhada. A mãe se culpava de tê-la educado na linha-dura. Sempre exigia que agisse com responsabilidade. Tinha mandado ela estudar fora do Brasil. Confiava no seu poder de julgamento, um fato que fortaleceu sua autoconfiança, até demais. Toli cresceu e tornou-se uma mulher com ideias no lugar, uma excelente aluna na faculdade de Psicologia, onde entrou com bolsa de estudos, teve um trabalho fixo numa multinacional e chegou a ter uma independência financeira dos pais. Um ser sem carências. Ela vivia alegre, segura, com planos de carreira para o futuro e sem medo de errar. Um excesso de independência, um tipo egoísta, uma personalidade forte demais para um homem engolir, ela não era o tipo de mulher a se entregar na mão do outro. Os namorados foram bons enquanto duraram. Bonitos, inteligentes, carismáticos. Nunca lhe faltaram candidatos para a troca de amor. Mas ninguém era capaz de deixá-la mais feliz que a própria felicidade que ela tinha consigo mesma. Quando conheceu Nissan, Toli era tão plena e cheia de vida que parecia que ela se bastava.

Ela precisava contar para ele o quanto ele a tinha tocado. Que durante a corrida que ela tinha acabado de completar, ela pensou, meditou, entendeu. Precisava lhe falar sobre o momento em que entrou em equilíbrio perfeito, naquele balanço sutil do corpo e da mente, quase correndo em estado automático no qual tudo conspira a favor, o corpo segue correndo quase que por si só, acompanhando o espírito que o impulsiona pra frente, em movimentos paralelos, os braços nas laterais do tronco, pernas e braços em diagonal simétrico, peito erguido, escápulas unidas firmes estabilizando os ombros, queixo no lugar para não sobrecarregar a cervical, olhar longe e para a frente, reto, confiante, focado. É um estado de meditação, uma coordenação sublime entre o ritmo das passadas e o da respiração. Sentia o ar que inspirava passar pelas narinas, um ar puro à beira do mar, denso de oxigênio; é nessa hora que vêm surgindo os pensamentos, os mais fundos e mais verdadeiros. Uma clarividência. Correndo, perseverante, como soldada da vida em que ela treina para ser, com objetivo marcado, inteira mobilizada para seguir adiante, com eficiência, alocando as próprias energias, aliviando o esforço, mantendo o corpo e a mente em equilíbrio, cheia de fé, confiante em seu poder, em sua capacidade de cumprir a meta. A da corrida, ou a da vida.

Ela tinha que lhe contar o que enxergou lá dentro dela, o que sentiu e quanto o ama. Ela não tinha nenhum problema com a idade dele, nenhum problema com ele ter um terceiro filho com ela e um primeiro neto que teriam a mesma idade. Precisava lhe contar que ela não parava de sonhar com os filhos que vão ter um dia. Aqueles que serão feitos com todo o amor do mundo. Está totalmente absorvida na história dos dois, que a toma inteiramente. Precisava escutar Nissan dizer que a ama. Que não parou de amá-la. Que foi ela, e só ela, que lhe devolveu a alegria de viver que ele tinha perdido antes de a conhecer, que ele fará tudo para os dois ficarem juntos pelo resto das suas vidas, que os dois vão terminar a vida um perto do outro, que ele não deixará que nada impeça o destino deles de se realizar. Que ele, como ela, estava pensando nela de dia e sonhando com ela à noite. Que ela é seu último pensamento antes de adormecer. Ela sorrindo como um anjo, ela pulando de alegria, ela nua à beira da cama, tocando no corpo dele, se unindo a ele, completando ele, inconsciente da sua sensualidade onipresente, se movendo com toda a feminilidade do mundo, com a graça duma gata se espreguiçando, sem um pingo de vulgaridade, sem ter nada a esconder. Ela queria ouvi-lo dizer que a via claramente correndo nas trilhas ao lado dele, determinada a chegar até o fim, coordenada nos seus passos, leve e solta, quase que sobrevoando a areia que reage abrindo o caminho para ela a cada troca de pernas. Que ele a escutava respirando com cadência, pensando na guerreira particular dele. Que ele via e revia ela preparando com dedicação o jantar a dois, acariciando ele com vontade, lendo para ele os comentários recentes que redigia pro seu novo projeto no trabalho. Ela queria escutar que os dias que ele estava passando sem ela não faziam sentido nenhum, que ele imaginava os dois vivenciando juntos tudo que ele vivia lá. Ela queria ouvir o que já tinha escutado ele dizer tantas vezes, que era nela que ele pensava a cada instante de seu dia. Que era ela que ele enxergava quando nadava no mar aberto, quando mergulhava com o rosto na água, afastando as ondas com seus braços e atravessando as correntes do mar.

Que, quando enchia seus pulmões de ar, ele sentia seu peito forte e o coração batendo e os músculos endurecendo, prontos para acolhê-la, todos solitários, aguardando ela chegar e passar a sua mão, apalpá-los, beijá-los, lambê-los, deixar sua cabeça descansar em cima deles e sorrir. Que era ela que ele procurava ao seu lado quando saía no pequeno barco monomotor, o qual levava pra longe e lá ficava sozinho, enxergando os horizontes mudos à sua volta, percebendo a distância que fazia da baía de onde saía, a baía na qual ancorava seu barco e a bordo tudo o que ele tinha construído antes de Toli entrar na sua vida. O barco ancorado e lá o esperavam voltar a esposa, os filhos e suas namoradas, que não imaginavam o amor que o pai estava vivendo. Um passado que ele lutava para deixar para trás e ir em direção a um futuro onde só teria lugar para ela. Ela queria ouvir que ele ainda tinha a força necessária para lutar pelo futuro dos dois. Que a fé dele não diminuiu. Queria ouvir que nada nele mudou desde os dois dias em que ele embarcou para longe.

Até alguém tão confiante como Toli fica vulnerável frente ao amor verdadeiro. Intuitiva e sábia que era, ela sentia que a situação de Nissan não era simples. Ele era pessoa de valores. Era um homem sério que cumpria suas obrigações, não tinha nada feio circulando na mente dele, e seu espírito era mais doce que doce. Ela sabia que a luta interior na qual ele estava engajado pra seguir a vida somente com ela não era obra fácil. Romper com a família não é para qualquer um. Mas esse amor deles, ela achava, era diferente, e ela estava pronta para fazer o que fosse necessário para viver o resto da sua vida com ele. Ela precisava que ele repetisse que quando ele acorda de manhã, na cabine *master* com a cama de casal onde passou a noite sozinho sem a esposa — porque ele já lhe tinha jurado umas mil vezes que não dividia mais a mesma cama com a mãe de seus filhos —, ele a procurava ao seu lado, fechava os olhos e imaginava que, se ela estivesse lá, ele a beijaria e a abraçaria nas telas tramadas de seu sono, quentinha, a apertaria e incluiria ela dentro dele até o momento em que ela acordasse, com seu cheiro de sono que o agradava, e o gosto do amor que restaria da véspera, e ele passaria a mão em volta dos seus lábios, seguiria o desenho perfeito dos lábios vermelhos e apetitosos, e falaria que a amaria até o fim da vida e que ela o fazia se sentir vivo, que lhe trouxera a alegria de viver e dava sentido aos seus dias.

Ela devia pensar várias vezes antes de ligar para ele. Calculava o horário lá nos mares da Grécia, premeditando em qual situação ele devia estar naquele momento, se ele poderia conversar com calma, livre de olhos interrogadores, livre do perigo de ter de improvisar uma história mentirosa para protegê-los de serem descobertos numa hora errada. O fato era que ela estava sem saber se ele podia atender e dizer as palavras de amor que ela precisava tanto ouvir. Pois ela não aguentaria escutá-lo silencioso, ela não aguentaria uma rejeição vinda dele, ela não estava pronta pra encarar uma tentativa que daria errado. Apesar de que, antes de viajar, Nissan a tinha tranquilizado e praticamente implorado que ela o chamasse toda vez que tivesse vontade, pois era isso que lhe faltava durante esses últimos anos. Essa troca de paixão incondicional e recíproca com uma pessoa que admitisse que não viveria sem o seu amor. Falava que já tinha perdido a esperança de encontrar uma parceira com quem vivesse a ilusão da dependência, com quem tivesse a magia do sentimento de pertencer a alguém, o delírio que é precisar do outro pra se sentir vivo. Essa pureza do impulso das emoções que iam e vinham sem filtro, sem aviso, com medo de perder, sem razão nenhuma. Ele as vivenciava com ela. E não adiantavam as milhares de ocasiões em que ele havia prometido que, para ela, não tinha hora certa ou errada. Que ela poderia procurá-lo no instante em que quisesse e sentisse necessidade. Que ele sempre acharia um jeito de atendê-la quando aparecesse o seu número na tela do celular, e que ela não deveria se preocupar com aquilo, que achar um jeito de atendê-la era o problema dele, não dela. Que ele não queria jamais perder a espontaneidade entre eles, essa chama do amor que queima e arde até o outro jogar água em cima, que ele não queria não estar lá para ela na hora que ela precisasse ouvir a voz dele. Mas Toli continuava pensativa, apreensiva e trêmula. Cada vez que segurava o celular, ela hesitava horas antes de apertar o "Ligar". Tantas coisas que ela precisava lhe contar. A começar pela notícia da justa escolha que tinha feito de alugar essa casa junto com a turma toda e não ficar isolada numa pousada qualquer. Que a casa era bastante parecida com as fotos que eles olharam juntos, e que ainda bem que ele recomendou que ela pedisse o primeiro quarto do corredor, pois era o único quarto com um terraço com vista pro mar. Queria lhe contar que estava prestes a tomar um banho para, então, deitar naquela cama de casal e colocar a bolsa do gelo nos joelhos, só pelo costume de fazê-lo, e não porque sentia alguma dor. Ela vai olhar na linha do horizonte e pensar que em algum outro ponto de um outro mar ele devia estar pensando nela. Ela vai refletir sobre a vida que os dois terão depois da separação. Ela precisava lhe dizer que ela ainda tem seus pensamentos destrutivos que devem ter origem no medo da felicidade que ela encontrou com ele. Isso não muda o fato de que ela o ama como nunca pensou que poderia amar alguém. Mas tem horas que ela se atormenta com a ideia de que a vida seja capaz de vencer o amor deles e impedir de realizar a paixão. Nessas horas o futuro não parece vestido de rosa nem de amarelo. Essa imagem escura do futuro deles a assusta, todas essas cores tristes e austeras. Ela então pensa na esposa dele, Doris, que foi uma parceira para ele e uma boa mãe que ninguém queria ofender. Ela pensa nos filhos que, mesmo já adultos e vacinados, ainda são o pivô da vida dele. Ela já assistiu à vida sendo cruel com os amantes. Já viu os maiores heróis caírem feridos, abatidos pela confusão dos sentimentos e pelo peso insuportável dos eventos que a vida traz com ela. Ela não pode evitar de pensar no que os dois vão precisar para enfrentar tantos obstáculos. O amor deles terá que lidar com tantas provas duras. Sem ele do lado dela, sem o olhar dele sossegando o coração dela, sem a presença dele esquentando o suor frio que a cobre quando esses pensamentos invadem a sua cabeça, sem o tom aveludado da voz dele a acalmando, às vezes ela desmonta. Ela o ama, mas começa a duvidar. Duvidar da força do amor dele para ela, duvidar da bondade da vida, do vencer do justo, questionar o destino e o lugar do livre-arbítrio, e ela duvida da própria fé. O pior, ela sabe, talvez seja a falta de confiança na firmeza do amor deles. E ela se detesta por isso. Como ela ousa duvidar do que ela mesma sente? Como duvidar da ligação entre os dois? Mas ele deveria entendê-la, sem ele ao lado, o olhar, o toque, o som da voz, o cheiro, sem tê-lo por perto, a dúvida toma conta. Por mais amorosa que ela esteja, ela começa a crer que sente tudo sozinha, que ela sonha longe demais quando acredita que conseguirão estar juntos pelo resto da vida.

Nesse caos todo que se fabricava em sua mente juntavam-se as velhas palavras de sua mãe. Essas palavras resmungavam como eco onipresente e alimentavam o humor negativo que dominava os ventos paradisíacos da paixão que vivia. A mãe reclamava que Toli era uma sonhadora romântica que gastava metade da sua vida esperando encontrar aquele amor que não existia. Que a cada ano que passasse solteira ela ficaria ainda mais exigente e iludida com a vida de casal que teria e não acharia nenhum homem que aguentaria tamanho amor como desenhava. Essa mãe que falava que ninguém estaria à altura das expectativas e exigências da filha. Ninguém é capaz de amar perdidamente, ninguém vive somente por amor, ninguém vive sendo escravo do amor. E se fosse assim, ele não seria deste mundo. Que ninguém é perfeito, que um homem que sabe amar não teria a cabeça no lugar e não seria um trabalhador, se fosse bonito e inteligente, seria mulherengo, e se não fosse, então seria alcoólatra, e se tivesse sorte no trabalho, não teria um bom coração e não seria um bom pai de família.

Toli precisava falar com Nissan e falar logo, pois só ele poderia parar essa espiral de pensamentos negativos que crescia em sua cabeça. Somente ele para acalmá-la e falar que é tudo bobagem e que ele vai provar a ela que o amor existe e o deles será vencedor. Só ele para lembrá-la que a sua realidade é construída pela natureza de seus pensamentos. Que ela teria que acreditar neles. Que ele contava com a força e com a fé que ela tinha, pois o caminho deles ainda será longo. Eles têm ainda, é claro, várias dificuldades para enfrentar juntos. De mãos dadas eles andarão, e ele precisava que ela fosse forte e demonstrasse uma fé cega na união deles. Ela tem que ter fé neles, de que é possível que acabem vivendo juntos. Ele só conseguirá enfrentar a separação da sua esposa e filhos se souber que ela está confiante, que aguenta as horas de tristeza, pois nenhuma separação acontece sem dor. Os filhos vão fazer chantagem emocional e ele irá passar por momentos difíceis. Doris também. Uma mulher armada, que veio do nada na vida e construiu um império ao lado dele. Ela não vai abrir mão da família que construiu. Então Toli tem que provar que é mulher forte e firme. Tem que levantar o queixo e esticar o tronco, e olhar pra frente, e nunca tirar esse sorriso e pensar positivo, e só continuar amando-o como ela o ama.

Ela entrou no banho. Nada melhor que uma ducha para esfriar o espírito e pôr a mente no lugar. Passou o sabonete de pedra que acabou de tirar da embalagem. Passou-o entre os dedos somente para fazer mais movimentos com as mãos, enganando a mente, forçando a fixar na ação. Fez mais espuma entre os dez dedos. Ela conta as bolinhas de espuma que nascem por ali. Agora as mãos estão cheias de espuma pronta para ser espalhada por todo o corpo. Nas pernas, na barriga, entre as coxas, vai pra cima. No peito, nos ombros. Ele é quase dela, ele vai voltar apaixonado como era quando viajou, eles vão conseguir ficar juntos para sempre. Ela não está sozinha neste amor, não daria para sentir tudo aquilo só, tem que ser dois pra sentir tão forte. A vida é poderosa, mas o amor deles deve ser maior. Sua vida está ligada à dele. Que ele volte logo, o lugar dela é ao lado dele, onde quer que ele esteja. Nasceram um pro outro. O encontro de duas almas é diferente do encontro de dois corpos. Os sonhos dela, todos se realizam através dele. O mundo mudou, ela se convenceu. Não é mais a época dos seus avós que casaram como total estranhos, sem nem se conhecer, um foi escolhido para o outro pelas próprias famílias, casaram-se estranhos, passaram a vida inteira se aguentando, não questionaram o amor nem conheceram a paixão e acabaram compartilhando os anos como amigos, como irmãos. No mundo em que vivemos hoje ninguém quer passar a vida com um irmão. O casamento seria então uma fraternidade. A bandeira seria um projeto comum e não mais o amor. E o sexo, como falava Simone de Beauvoir, era apenas masturbação a dois. Nissan não precisa viver com a mãe de seus filhos pelo resto da sua vida só porque é grato pelos filhos que ela lhe deu. Ele não precisa ser condenado a não se sentir mais homem nos braços de outra mulher.

Mas Toli sabia que a fraternidade no auge do casamento tem seu charme. Nissan poderia continuar a viver satisfeito perto da mulher que lhe quer bem, apesar de não saber mais tirar dele o melhor. O casal fica unido pela força da vida, pelo tempo que passou ali, pelos ventos que sopraram e as ondas que vieram e os dois precisaram passar juntos, e passaram porque não havia como não ultrapassar. Era somente passar ou afundar, pela sua sobrevivência o casal conseguia pegar uma longa respiração e ir debaixo d'água, os dois, mergulhados, às vezes de mãos dadas, às vezes sem abrir os olhos. Toli conhecia essas histórias, mesmo sem a experiência da vida a dois, e imaginava como deveria ser ao longo de todas essas décadas de vida, que nem queria calcular os números exatos dos anos em que Nissan e Doris estiveram juntos, tempestades, educando os filhos, acordados nas madrugadas, preocupados, filhos com febre, depois nas baladas, atentos com as drogas, administrando as provas nas escolas, as escolhas das faculdades. E os anos difíceis nos negócios, Doris estava lá quando ele investiu mal, quando ele se enganou, ela estava lá todas as manhãs e todas as noites, ela o acompanhava nos jantares de negócios, cansada ou doente, e fazia sexo quando não estava com vontade. Toli não estava lá todo esse tempo, mas ela pensava consigo, ela podia bem passar as mesmas experiências, a mesma onda, se ele a colocasse com ele dentro desse mar.

Ela quis parar de pensar e, por isso, saiu do banho. Precisava se manter saudável pro dia de amanhã. Sem a cabeça focada, esvaziada e no lugar, ela não ia conseguir correr no dia seguinte a sua primeira maratona. O coração dela estava sofrendo. Estava longe demais do amor que achou tardio em sua vida. Não é possível que o destino não lhe desse a chance de viver plenamente a sua vez. A vez dela chegou com ele. Nissan existe.

Do lado de fora, o mar começou a bater forte. Através da porta de vidro do terraço dava pra perceber as ondas quebrando com mais potência, e ela se perguntava o quão fundo e longe de lá estava a origem dessa pulsão que fazia as ondas acelerarem e se fortalecerem. Mulher guerreira, independente, decidida. O que depende dela? Qual é a parte dela de fazê-los se juntarem para sempre? O que está na mão dela e o que estaria na mão dele? O que estaria na mão do destino, da força da natureza que faz essa vida andar adiante e para trás?

A toalha de banho estava seca, áspera, sem graça. Toalha de banho de casa de aluguel. Sabão em pó barato. Toalha velha. Quem saberia calcular a quantidade de pessoas que esfregaram e secaram o corpo com ela? Ela apostaria que os donos da casa, pessoas bem racionais, com o aluguel que cobraram, conseguiam mantê-la linda, arrumada e acolhedora, e teriam separado toalhas macias e cheirosas para seus inquilinos.

Ela deitou na cama pouco aconchegante e pegou o celular na mão. Não tinha nenhuma outra ligação não atendida. Ia ligar pra mãe, mas se segurou, não havia novidades pra relatar. Era melhor nem ligar. Ela ligaria pra ele e diria que o ama. E se pegasse ele de surpresa ou no momento errado, aquele momento em família, com todos sentados em volta da mesa no deque do barco, dando risadas embaixo do sol que não para de brilhar, lembrando momentos felizes, trocando memórias no ar, se relaxando, se aproximando, finalmente unidos em férias de família, vivendo aquele núcleo que sempre foram, se ela percebesse que caiu num momento como esse, ela ficaria na linha, muda, respirando, deixando-o escutar a sua respiração, essa que ele sempre escuta após o amor que fazem, o ar que sai dos buracos do seu corpo após ele apalpá-la, após ele deixar um pouco dele dentro dela, aquele ar de esperança que revela a beleza da vida e a sua simplicidade. Se ela perceber que ligou na hora errada, ela ficará na linha como fica uma amante eterna, esperando até o outro ser livre para ela. Se ela não ligar, se ela não ousar, ela pode parecer como aquela que não ama o suficiente. Será que se ela não ligar, Nissan vai pensar que ela não o ama loucamente? Que esse amor não é forte como ele imaginava? Será que, se ela não o procurasse a cada vez que ela quisesse, ele perderia força na luta que precisariam enfrentar? Se esse amor não fosse alimentado, será que acabaria caindo na água, se afogando, morrendo? Se ela não se manifestar, ela poderia salvar a vida duma família que talvez não esteja vivendo uma paixão, mas sim uma vida. Os quatro têm uma vida. Qual é a responsabilidade dela no destino deles? Como ela viveria com a ideia de que quebrou uma família que teve um projeto, que teve começo, meio e poderia ter fim somente no fim da vida? Como ela poderia ser tão egoísta e tirar um homem da família dele? Ela sabe que não foi ela que criou essa paixão, ela não redigiu nada sozinha, ele a procurou e a desejou e a queria perto dele. Mas como deveria agir? Deveria ir atrás? E se ela deixasse acontecer, o que seria da história deles dois? Uma morte da paixão? Nissan vai achar que Toli não o ama o suficiente e não vai se armar para desmanchar a vida que construiu com Doris. Um tijolo em cima do outro, uma época após a outra, eles passaram muito tempo juntos. E ele perceberá que aguenta viver ao lado de Doris por mais alguns anos e, talvez, até o fim da vida. O convívio no barco pode ter-lhe feito bem. Ele talvez até tenha convidado Doris a se juntar a ele no barco monomotor e a tenha levado junto pra longe no mar, e os dois olharam os horizontes vastos e mudos em volta deles, e eram somente os dois, sem filhos, sem trabalho, sem Toli. E Doris talvez tenha tocado na mão dele que descansava no braço do motor apagado. E ele achara o toque bom, familiar, conhecido, grato, e olhou-a nos olhos, e dentro deles estava narrada a história da vida deles, e então se beijaram.

Toli se levantou da cama pedindo para fugir da sua própria mente, enrolou a toalha velha na altura do peito, e foi sentar no terraço de seu quarto. Ela precisava pôr fim a esses pensamentos todos. Os pensamentos não tinham limites e a levavam numa altura onde o imaginário, a intuição e a realidade de sentimentos se confundem e viram uma coisa só.

Pensou nela. Pensou nele. Pensou na família dele que ela nunca conheceu. Pensou e sentiu uma solidão absoluta. Ela estava sozinha como sempre fora, a única a decidir o seu rumo e assumir o que viria depois. A dor no peito, dor de quem ama. Uma angústia aguda, aquela que vem quando o dia de amanhã não é nada claro. Qual seria a parte dela na história desse amor? Poderia durar, independentemente do que ela fizer? Nissan viria procurá-la se ela ficasse no canto dela, no litoral, entre os colegas de corrida, tocando a vida dela, o trabalho dela, com a família dela? Ele viria buscá-la se ela não o procurasse nem agora, nem mais tarde, nem amanhã?

Seu olhar se juntou à linha do horizonte do mar. Ela pediu para não pensar. O celular dela tocou. Uma, duas, três vezes. Nissan a procurou. Ela não atendeu.

Resíduos de mulher

Resíduos de mulher,
Vestes de luto gastas jogadas sobre ela,
É o que sobrou,
Passado que ela não teve,
Seu corpo dividido
Do umbigo pra baixo e dele para cima,
A cabeça ainda pensa,
As longas pernas cruzadas.
Resíduos de mulher,
O que restou dela,
Ainda há vida pela frente, tudo pode mudar.
Ao redor tiros e música,
Tem vida por perto.
E você, com seus olhos marejados,
Eu juro que os vi alagados,
À sombra da alfarrobeira
No banco do jardim aberto,
Embaixo do céu azul, sem nuvem em ereção,
Embaixo dos olhos do sol
Que anotam, gravam e fixam olhares de águia.
Eu lambi meus restos,
Catei os pedaços de meu ser,
Sabendo que fiquei com algo meu
Resíduos da mulher que fui.

Sárale

Berlim, 2010

Ela ergueu suas pernas do chão, carregando-as sem vontade, uma após a outra. Um par de membros pesados, inchados e enferrujados. Ela sempre temeu que, na velhice, sofreria de varizes, como acontecera com sua mãe. As veias ali desenhadas, que se desviavam de seu caminho natural, indo em direção ao desconhecido, somente aumentavam seu receio constante. Por isso, e também por não se sentir mais feminina de saia do que de calças, ela não costumava deixar suas pernas à mostra. As saias e os vestidos acumulados em seu armário saíam de lá somente quando eram ensacados e doados aos pobres.

Doutora Sara Radom, PhD em História, fazia poucas semanas que tinha comemorado seus sessenta anos de idade. Professora respeitada na faculdade em Israel e pesquisadora do Holocausto, era a oitava vez que visitava a Alemanha. Ela contava cada aterrissagem do avião que a trazia de Tel Aviv e marcava cada data com lápis escuro no papel que trazia guardado em sua agenda dentro da pasta de couro preto. Estava vindo para buscar mais provas, acumular outras evidências do horror da guerra sobre o qual seus mortos não poderiam testemunhar.

Vestia uma larga calça preta de linho, pendurada em seu corpo, como se fosse uma veste de luto. Ela avançava lentamente rumo ao banheiro. Enquanto se arrastava, reclamava no coração e em voz alta, falando consigo mesma. Nunca mais se hospedaria naquela pensão miserável! Uma pousada lamentável, um buraco esquecido, bem no centro da cidade de Berlim, não longe da biblioteca municipal onde faria várias idas e voltas. Foi algum colega que lhe recomendou, e ela achava legal economizar alguns centavos preciosos do orçamento que tinha recebido do departamento de História da faculdade.

O banheiro a enojava e deprimia muito mais do que aliviava, toda vez que entrava para fazer suas necessidades. O recinto escuro, pequeno e sem janela tinha um velho aparelho de ventilação afixado no teto, alinhado numa precisão escrota sobre o vaso sanitário. O aparelho, de tão velho, parecia pertencer a outros tempos. Camadas de uma poeira densa preenchiam suas fendas, transformando sua cor original, uma vez branca, numa espécie de amarelo-cinzento repulsivo. Ela nunca havia escutado aquele aparelho funcionar e torcia que estivesse mesmo quebrado, para que, caso apertasse sem querer seu interruptor em vez do da luz, o velho ventilador não ressuscitasse, espalhando todo o lixo que nele havia acumulado. Lixo deixado por todos aqueles que alugaram este miserável quarto, tempos antes dela. As paredes do sanitário eram revestidas por azulejos de cerâmica cujas figuras haviam sido borradas pelas impiedosas mãos do tempo. Os círculos neles desenhados tinham perdido sua forma, transformando as pinturas, que um dia certamente foram belas, em algo repugnante. Ela somente entraria e sairia. Deveria lavar as mãos duas vezes. A primeira, com água fria e a segunda, com água quente. Era um costume que adotara depois de ler um artigo que falava que temperaturas alternadas fazem bem para a circulação sanguínea. Ela não se maquiaria e evitaria se olhar no espelho quebrado, pendurado em cima da pia. Espelho quebrado atrai azar. Ela se perguntou sobre como o espelho fora quebrado. Nada se quebra sozinho, alguém deve ter causado isso! Imaginou que talvez um hóspede, um sofredor da vida, que alugara o quarto para uma noite só, tenha se embebedado e, num momento de dor aguda, não conseguindo mais suportar a angústia que o vinha consumindo, agarrara algum objeto pesado, talvez a própria garrafa da bebida alcoólica que acabara de esvaziar, atirando-a na direção do espelho. Jogou com o que sobrou de suas forças, e não se arrependeu.

Vestida com roupas escuras, que usava como uniforme, envolvida no negro, como quem se oculta na escuridão, ela preparava-se para ir à rua. A biblioteca municipal abriria às dez. A fineza do tecido de linho que a cobria escondia sua cintura. Seu corpo não se parecia com aquele que no passado era tão bem-definido como uma escultura. Sua bunda, uma vez firme e arredondada, estava agora caída, cheia de celulites espalhadas sem direção.

Do lado de fora, o clima não era diferente de ontem e anteontem. Um sol envergonhado, que não esquentava, e um vento rarefeito, quase inexistente, a aguardavam na rua. Ainda havia tempo suficiente para a biblioteca municipal abrir. Ela acordara muito cedo. Nos últimos dias não havia conseguido dormir, e quando finalmente adormecia, era como se não tivesse descansado. Algo em seu interior não a deixava entregar-se ao sono. Seu corpo não se acalmava e estava muito tenso. Sua cabeça não se aquietava e seu espírito não repousava. Desde que se separara, anos trás, ela acostumara-se a adormecer ao som do rádio, que permanecia ligado durante toda a noite, sobre seu criado-mudo. Era como se fosse seu ursinho de ninar, por isso ela o trouxera em sua mala. Não era música clássica que ela escutava. Eram emissoras noturnas resumindo a atualidade política em Israel. Estava habituada com a voz do comentarista e suas análises, o que a permitia desviar seu pensamento das angústias crônicas. Só que as transmissões da *Voz de Israel* não chegavam com boa qualidade na Alemanha, e os chiados atrapalhavam sua concentração, dificultando ainda mais pegar no sono. A cama estranha, seu ângulo no quarto, seu colchão duro feito tábua e toda "aquela Alemanha" em volta de si a deixaram profundamente angustiada. Exausta, ela terminava de se preparar. Ela iria, a despeito do cansaço, das dores que afligiam seu corpo e do peso que sentia em suas pernas. Ainda faltava muito material para classificar e explorar na ala polonesa da biblioteca municipal. Os mortos a chamavam para que concluísse sua pesquisa.

Ao descer os degraus da escada, contendo sua angústia, ela se esforçava para não pisar em falso no próximo degrau, pois, caso o fizesse, cairia. Passo após passo, degrau após degrau, continuou descendo na mesma cadência. Do andar térreo chegou a ela a voz da gerente da pousada, Frau Maria, para quem havia pago adiantado por cinco noites. Ainda imersa para não tropeçar, percebera que subia em sua direção um jovem que saltava os degraus, como se fosse um cervo fugindo de seu caçador. Ele saltava com tamanha facilidade que parecia estar prestes a bater asas, quase voando dali. Era como se fugisse do próprio Satanás e da morte que o engalfinhavam. Quanto mais ele se aproximava, mais ela suspeitava já tê-lo visto antes. E, à medida que ele avançava, ela se convencia de sua esquisitice. "É um pobre e miserável coitado" — pensou ela para se acalmar —, "não há motivos para temer!" Pelo que testemunhavam sua cabeleira desgrenhada e suas roupas encardidas e manchadas, ele estava mais para uma vítima da vida do que para algo ameaçador. Era difícil para ela encarar alguém que a vida abandonou. Certamente vivia nas sarjetas, como um fugitivo. Um homem perseguido, era o que sua imagem acusava. Enquanto erguia uma perna após a outra, com muita cautela, de modo a não se cansar e sucumbir, ela pôs-se a questionar sobre qual seria a história daquele estranho rapaz. Do que estaria fugindo e o que estaria causando tamanho agito?

De baixo, a voz de Frau Maria ecoava. Ela estava discutindo com algum inquilino, que aparentemente não havia pago o valor combinado. Enquanto

Sárale descia, o rapaz subia, e foi então que ambos se encontraram, ocupando o mesmo degrau. Ela se apertara contra o corrimão, para que houvesse lugar para os dois. A sujeira grudada no corpo do rapaz e o cheiro que o acompanhava lembravam o odor de um ovo putrefato. "Ele deveria entrar imediatamente na banheira", Sárale pensava consigo mesma. Antes de tudo, uma boa imersão para livrar-lhe das toneladas de sujeira que nele estavam grudadas, como se fossem sua segunda pele. Depois disso, talvez voltasse a parecer um ser humano e não mais um animal. Talvez até fosse um belo rapaz. Ela não o cumprimentara, esperando que a mesma rajada de vento que o trouxera o fizesse voar do degrau onde ambos se encontravam. Dois estranhos, os dois solitários. Suas pernas já pesavam tanto, e o dia nem bem havia começado. De súbito, ela percebeu que, por trás de suas costas, o jovem rapaz mudara o rumo de seus passos e, ao invés de continuar subindo, invertera sua direção para baixo, seguindo-a. Sem dizer uma palavra, sem explicação alguma, ele pôs-se a descer.

No passado, anos atrás, nos tempos em que Sárale — como seu pai gostava de chamá-la — era jovem e bela e despreocupada com o peso da vida, ainda ingênua para ligar seu destino às sequelas daquela guerra, longe ainda de descobrir sua missão na vida, ela poderia ter tramado algum plano, passando sua língua em seus lábios, deixando-os molhados e brilhantes. Tudo era melhor quando os lábios estavam molhados. Isto afiava o desejo que se encontrava em suas entranhas. Ela poderia se reorganizar, mudar seus planos para aquela manhã, permitindo-se desfrutar de um grande prazer. Em tempos idos, ela acompanharia o rapaz até o quarto, sem se importar com o quão miserável ele era. Deixaria, então, as águas rolarem, banhando-o, tendo seu corpo agarrado o mais próximo possível ao dele, empurraria sua cabeça levemente com as mãos, indicando a ele a direção, até que a possuísse. Ela poderia, anos atrás, deixar que ele a lambesse o quanto quisesse, liberando uivos de prazer no meio daquela asquerosa hospedaria, no centro da imoral Alemanha. Em outros tempos, manipuladora como era, ela teria deixado sua bolsa escorregar de seu ombro, derrubando os documentos sobre os degraus de madeira da velha escada, e, então, seu par de olhos verdes como os faróis dos jipes da Gestapo enlouqueceriam aquele pobre rapaz, até ele se achegar e derramar sobre ela seu instinto, deitando-se entregue entre suas brancas pernas polacas, como um soldado que há tempos não sentia cheiro de mulher.

No térreo, a faxineira esfregava uma vassoura nova sobre o velho assoalho de madeira, fazendo-o com tamanha força, que parecia querer cavar um poço no chão. A faxineira era baixinha e tinha os cabelos tingidos de negro. Com um sorriso falso, ela cravou um olhar perverso na mulher que descia as escadas. Mesmo quando a saudou, o fez em voz alta e num tom de desprezo. A grosseria, a obsessão por limpeza e a brutalidade com a qual a faxineira manuseava a vassoura saltaram aos seus olhos. O que Sárale mais queria naquele instante era sair da pensão, sentar-se num café, na esquina de uma rua qualquer, e tomar uma xícara de café com leite desnatado.

As ruas estavam repletas de inimigos. Todo seu redor era domínio inimigo. As vias estreitas e acinzentadas pelas quais ela passava se mostravam a tal ponto envergonhadas, que pareciam não poder aguentar a sua própria história. Ela não estava sozinha. O rapaz a seguia. Havia poucos carros na rua e ela caminhava na extremidade da calçada, com seu ombro raspando nas paredes de um prédio que parecia estar ali desde sempre. Sua respiração já estava ofegante, seus ombros encurvados e sua cabeça parecia fincada na calçada. Ela estava toda encolhida, como se tivesse algo para esconder ou temer. Era como se carregasse em sua roupa o famigerado símbolo amarelo. Em passos cadenciados, como numa marcha, ao avançar, ela parecia estar se valendo de seu direito de viver. A morte espreitava de todos os lados. Como se dela fizesse parte, o movimento de seus cabelos negros, que cobriam suas costas, deixavam a cada passo dado um rastro de fumaça e um odor de carne queimada. Sua respiração pesada trazia um hálito desagradável à boca. Era um cheiro de podridão, agravado por sua dentição negligenciada. Seu par de lábios ressecados estavam agora marcados por fileiras de rugas. Ela dobrara a velocidade de seus passos. O jovem rapaz, que a seguia em ziguezague, também o fizera. Na esquina seguinte ela o despistaria, atravessando a rua para o lado esquerdo, após fingir se preparar para fazer o contrário. Mais tarde, quando chegasse à biblioteca municipal, ela explicaria à Frau Olga, que provavelmente já a esperava entre as prateleiras da repartição polonesa, a causa de sua demora. Enquanto suas pernas batiam em marcha acelerada e seu braço direito a apoiava, abrindo caminho e mantendo o equilíbrio do corpo, seu outro braço se mantinha ocupado, abrigando sua pesada maleta. Era uma pasta de couro preto que estava repleta de documentos, recém-resgatados por ela e por Frau Olga em suas últimas buscas. Os calçados negros de borracha que ela usava, com as plataformas que lhe brindavam com alguns centímetros a mais de estatura, nos quais era viciada, a preocupavam mais do que agradavam. Eles estavam cedendo à velocidade e à pressão que sua marcha exercia. Suas meias de náilon, encharcadas de suor oriundo da exaustão emocional, faziam com que seus pés deslizassem cada vez mais por dentro dos calçados. Ela precisava calcular cada um de seus passos para não tropeçar e cair. Quando chegou à faixa de travessia, vendo o sinal vermelho dos pedestres, ela entendeu ter pouco tempo para planejar o próximo passo. A sombra dele quase que cobria a dela. Sentiu o medo borbulhando dentro de si. Era um medo assombroso. O medo do final que se aproximava.

Ela ansiava por chegar a um abrigo. À biblioteca. Ali encontraria refúgio entre as prateleiras, os livros e os documentos, repletos de certificados com os nomes, datas e endereços dos mortos que ela buscava ressuscitar. Ela precisava manter a frieza. Deveria pensar com lógica. Sempre há esperança. Seu corpo estava fatigado. O compasso alucinante das batidas de seu coração atrapalhava seu raciocínio. Sua saúde não ia bem. De onde conseguiria forças? O rapaz se aproximava. Qual seria seu interesse? Que a deixasse em paz. Doutora Sara Radom estava em missão.

O rapaz chegou mais perto da faixa de travessia. O farol ainda estava fechado e ele ficou ombro a ombro com ela. Sem que nela encostasse, ela sentiu suas mãos agarrando-a. Ela ouviu gritos de terror. O som de cavalos relinchando e dos galopes da cavalaria retumbava. Pessoas fugiam para todos os lados. Munições disparadas riscavam o ar. Mães seguraram nos braços dos filhos. O preto que a envolvia era brilhante como o preto das botas lustradas dos nazistas e suas armas polidas. O farol verde acendeu. O rapaz aguardava o primeiro passo e a travessia da mulher. Um ar de distância era o que os separava. Eles se encontravam no meio dos soldados, dos cavalos e da mulher presa entre os braços do nazista. Ela tinha que escapar. A pesada pasta de couro caiu de seu ombro, esparramando seu conteúdo na calçada. Com a agilidade que lhe restara, ela se curvou e, apoiada sobre seus joelhos, passou a recolher os documentos que se espalhavam ao vento. Cativa do terror, ela perdeu a cadência da respiração. Por que a vida não a abandonava? Pensou também em sua filha como quem pensa em seu último desejo. Havia tantas coisas que ainda sonhava em vivenciar ao lado dela. Se a filha estivesse ali, decerto a ajudaria a se erguer. Ela a abraçaria, mesmo se fosse por alguns segundos, o que bastaria para fazer com que algo bom acontecesse entre as duas.

A cavalaria se aproximava e os documentos que ela não conseguira resgatar afastavam-se cada vez mais, ao gosto da ventania trazida pelos carros que por ali passavam. O jovem rapaz a cercava, fitando-a com o mesmo olhar de uma fera faminta olhando sua presa, prestes a ser dilacerada. Ele, um alemão. Ela, uma judia. Um nada. Historiadora, filha de sobrevivente, presa na esquina da calçada de uma cidade vazia de compaixão. Ajoelhada como seu pai, quando ele estava prestes a perder um de seus olhos. Afinal, qual é o valor do olho de um bicho?

Sárale continuou juntando os nomes, os endereços e os números que estavam anotados sobre os papéis que o vento traiçoeiro ameaçava levar de vez, como se algo pudesse apagar o passado de seu próprio passado.

O jovem rapaz se ofereceu para ajudá-la. Ela então fuzilou-o com um olhar de guerrilheira e com um tom de voz firme e cortante, em alemão perfeito que aprendera em seus anos de faculdade. Ela gritou sem resquício de sotaque: "*Halt*!".

Fortalecendo suas mãos, ela recolheu as provas, erguendo-se como uma cerva perante seu leão. Na guerra, como na luta pela sobrevivência, quando a força parece ter se esgotado, surgem de dentro do ser virtudes até então desconhecidas.

Ela jogou o xale negro para trás, encobrindo seu pescoço, e forçou os papéis para dentro da maleta de couro. De costas pro rapaz, que ficou mudo e leve como a folha morta no vento rarefeito, ela sentiu o olhar dele penetrando no vazio, procurando algo não nela, talvez no além. O farol abriu. Ela atravessou a rua. O relógio se aproximava das dez…

Quando o amor acaba

Quando o amor acaba,
não é duma vez só que ele se vai.
Como um doente largado na cama,
ele vai esmorecendo,
perde a cara avermelhada, rosada,
fica pálido, algo entre o cinza e o amarelo.
Os órgãos falham pouco a pouco,
ainda longe do colapso geral.

O fim do amor é lento e doloroso,
uma agonia nasce,
ela pega no peito,
o peito que lá atrás foi o lar das borboletas,
o ninho dos passarinhos
e das ondas do mar das emoções
que iam e vinham com uma força colossal...

Camada após camada, se arranca do ser,
todos entendem que é o amor que se vai,
o sufoco, o grito, "Socorro, alguém!"
Uma fortaleza tombada,
uma muralha espalhada no chão,
umas pedras aqui, uns tijolos ali,
deitadas na terra as migalhas do amor,

elas viram uma poeira da história dos dois,
abandonadas, desarmadas,
embaixo do céu que fechou,
e só o luar ainda faz carinho às partículas,
ao que delas sobrou.

Mudas, elas aguardam aquele que terá a moral
de cavar um buraco e de enterrá-las
para o descanso eterno, que fará do amor
nada além de um passado vivido, banal.
E a ousadia, o primeiro beijo de língua,
oh! e a promessa,
a procura incansável do sorriso
nos olhos de quem amava,
todos abatidos aos pés dos amantes que foram.

Que ninguém pisa em cima das sobras!, ainda dói,
mas a cabeça não quer mais lembrar,
só faltava um buquê de flores coloridas
como à beira do túmulo de meus avós,
e já não tem mais ninguém por perto pra rezar.

Lá vem ele, o colapso,
o cessar do coração que amava,
ele para de bater, está no seu fim,
é assim que o amor apaga.

Glória

Fim do dia, mês de abril em São Paulo, o tempo estava fechado. Era quinta-feira e ela já sentia o final de semana chegando. Pois é, os finais de semana ficaram mais difíceis de aguentar que os dias úteis. Durante a semana ela tinha ainda o trabalho no escritório que a ocupava, as breves conversas com os colegas, um horário de almoço preenchido com clientes que tinham agenda aberta. Dava pra enganar o tempo que não parava. Mas os finais de semana eram duros. Era difícil camuflar a solidão que surgia de todo canto. São três noites e dois dias longos que tinham de ser preenchidos.

Ao entrar em seu apartamento, uma agonia quase que familiar brotava em seu peito, e ela detestava se ver mergulhar mais uma vez naquele sentimento. Não precisava mais lançar aquele grito de sempre, "Cheguei!". Quando morava com Pedro, ela sempre se anunciava no beiral da porta da casa, avisando com energia renovada que tinha chegado. Agora, ela entrava em casa e não tinha a quem gritar.

Antes de tirar sua roupa, ela se dirigiu à geladeira e pegou a garrafa de vinho tinto que tinha sido aberta na véspera e estava pouco abaixo da sua metade. Ela se serviu de uma taça de vinho e foi até seu dormitório. O seu cachorrinho recém-adquirido, do tamanho de um gato, seguia seus passos no corredor. De passos bem leves, ele andava atrás dela, se esforçando para seguir em linhas retas, fato que não era óbvio pra um cachorrinho novo. Ela abriu o cinto da calça e se permitiu respirar fundo, porque o cinto a apertava o dia todo e lhe lembrava a luta contra o peso que ela não parava de ganhar desde o divórcio. Ela só lançou um suspiro, sinal de alívio, e se conteve para não falar mais nada em voz alta, pois não tinha lá ninguém pra escutar, e seria estranho ela começar a conversar consigo mesma. Ela se recusou a adquirir esse tipo de gesto bizarro que os que costumam viver sozinhos acabam adotando. Tirou a calça que estava toda amassada de tanto ficar sentada o dia inteiro na cadeira do escritório e depois no volante, uma longa hora de trânsito dirigindo seu pequeno carro vermelho. Ela não tinha nada contra a perda do tempo no trânsito. Pelo contrário, ela se sentia bastante viva entre os outros carros, presos no farol junto a ela. Passava o tempo observando o que faziam os outros condutores: uns se olhavam no retrovisor procurando algo novo, outros gritavam no celular balançando a cabeça e o tronco, e aqueles que estavam acompanhados pareciam aborrecidos, cansados, e em geral não trocavam uma palavra com seus passageiros. Dirigindo, ela escutava sua música preferida, que encontrava facilmente no YouTube, no som bem alto. Uma música que falava da dor, do arrependimento, do amor infinito apesar da impossibilidade que o acompanhava, na voz funda de mulher cantando a tristeza, lamentando a saudade do amor que tinha sido tão grande uma vez atrás e partiu em terras longes e desconhecidas. Ela amava pôr a mesma música, repetidamente, e se concentrava na letra como quando lia um conto fabuloso. Sabia que a pessoa que a escreveu expressava no papel algo que vivia, e sentia um alívio ao perceber que ela não era a única a viver tanta desolação.

A hora não estava muito avançada, o relógio nem passou das oito da noite, ela não conseguia prolongar seu dia no escritório por mais tempo. Isso também por falta de trabalho. Era uma entre trezentos outros advogados no escritório. Não carregava a responsabilidade do mundo nas costas. Mesmo assim, ela foi a última a sair de lá. Os outros sempre saíam antes dela, porque tinham uma razão para apressar a volta para casa. Ela também tinha, no passado, várias boas razões pra ir embora assim que o relógio batia cinco da tarde. Quando vivia com Pedro, ela deixava diversas tarefas para terminar antes de voltar pra casa. Tinha que passar no mercado, comprar ingredientes que faltavam pro jantar que ela preparava, tinha que parar na lavanderia, buscar as roupas delicadas ou os ternos dele que ficaram prontos, às vezes ela decidia parar numa livraria e comprar um novo livro pra ele, inventar alguma qualquer surpresa, apenas para quebrar a rotina, entrar na loja de vinhos da esquina da rua deles e escolher uma boa garrafa para celebrar a vida.

Na época que era casada, não tinha tempo para ela. Agora que estava só, não sabia o que fazer com tanto tempo somente para ela. Desde sempre odiava sentar no cabeleireiro e via nisso uma extrema perda de tempo. Agora, seus cabelos estavam ficando oleosos de tanto tratamento que andou fazendo. O cachorrinho que ela adotou a fim de ter com quem trocar carinho e também para ocupar o tempo não exigia muito dela. Era uma raça quieta, nem latia quando ela chegava em casa. Uma miniatura de cachorro que era independente demais e parecia ficar em paz estando sozinho em casa e na vida em geral. Ele fazia, sim, a festa durante os primeiros minutos da sua entrada no apartamento, mas depois que pulava no lugar e andava em círculos em volta dela, se recolhia no canto e fazia uma cara que ela não sabia definir se estava triste ou chateado. Logo o cachorrinho fechava os olhos e entrava num sono profundo.

Ela tirou a camisa branca de seda. Cheirava os sovacos antes de decidir se voltava pro cabide do armário, se aguentaria outro dia de uso. A camisa cheirava a inquietude, vergonha e frustração. Ela a pôs no cesto para lavar. A noite apenas começou e arriscava ser infeliz como as anteriores. O silêncio em volta era tal que a incomodou. Ela vivia melhor no agito. Arrumando, cozinhando, recebendo. Esse silêncio a forçava a se escutar, e ela não precisava mais disso. Vivia se analisando e se criticando o tempo todo. Faltava uma voz de outra pessoa para dialogar com ela. Uma reclamação de um companheiro. Ela ligava o som da Apple TV e escolhia a mesma música que tinha escutado no carro. Mais uma vez aquela moça cantando o seu hino "Quando você estava eu não fui feliz e, agora que você foi embora, só penso na felicidade que tinha com você".

Colocou a touca na cabeça e ligou a água quente da ducha. Ela não lavava os cabelos, não tinha para quê, eles estavam ainda limpos. O copo de vinho junto com o celular ficaram descansando perto da pia. Ela gostava de tomar um gole ainda no banho. O celular estava no modo de toque normal, ela não quis perder a chance de atender a uma ligação qualquer nesse final do dia. A ducha foi rápida. O sabonete não era novo. Um sabonete líquido que comprou logo quando mudou para esse novo apartamento. Fazia somente alguns meses que ela morava sozinha. Logo que se separou, ela se mudou para a casa de sua mãe. Nada mais natural que achar um abrigo na mãe até se organizar e encontrar um novo canto. As semanas que passou ali não eram tão desagradáveis como poderiam ser. Não é segredo que a convivência com a mãe aos 40 anos é fonte de conflitos e tumultos. Glória sabia muito bem disso, mas não tinha aonde ir. No começo a sua mãe fazia esforços visíveis para recebê-la com sinais de carinho. Ela não era uma mulher carinhosa e nunca soube acolher a filha no colo nem passar a mão nos cabelos. Não era uma pessoa que conseguia falar palavras de amor e botar fé na vida. Bem que tentava agradá-la com pequenos gestos que toda anfitriã educada sabe fazer com a sua visita. Comprava seus iogurtes preferidos, deixava-a usar sua *jacuzzi*, mantinha a casa em silêncio nas manhãs de sábado e domingo quando ela esticava o sono, sacrificando assim a rotina de limpeza de casa ao proibir a faxineira de usar o aspirador de pó. E, sobretudo, ela não se sentava na sala de estar aguardando-a voltar do trabalho pra conversarem, atacando-a com mil perguntas sobre a vida e o futuro que planejava. Mas esses esforços da parte da sua mãe duraram apenas poucas semanas. A gente não consegue fingir ser o que não é por muito tempo. Sua mãe começou a cobrar explicações e quis ter as respostas que Glória não sabia dar. Ela se apressava, então, a buscar um novo lar só para ela, onde teria a sua privacidade e continuaria seguindo com a sua vida.

Esse novo apartamento era um *loft* que ela achava bastante charmoso. O aluguel era algo que ela poderia bancar. Ela gostava do fato de ser perto do parque. A cor verde que espalhava embaixo da sua janela fortaleceu a esperança que vivia se esgotando dentro dela. Além do verde em volta, ela fantasiava com a ideia de nadar na raia da piscina que ficava no andar térreo do prédio e usar uma pequena sala de ginástica que ela ainda não tinha inaugurado. Também gostava do fato de que ninguém nunca havia morado no *loft* antes dela. A energia no local estava limpa e ausente de marcas anteriores estampadas no ar que circulava entre as paredes. Ela o escolheu sozinha. Não levou nenhuma amiga nem a sua irmã nem a própria mãe para intervir. Com seus 45 anos de vida, ela estava cansada de ouvir as opiniões dos outros. Ela dava muita abertura para todas elas falarem. Parecia que o mundo sabia o que era bom para ela, mas ela não. Também era tão mais fácil criticar e ensinar pros outros como cuidar da própria vida. O melhor exemplo para isso era a sua irmã que via na Glória as fraquezas, os erros e a incapacidades de evoluir na vida, mas nunca olhou para si mesma, que vivia dentro de um lar ausente de sinceridade, acomodada, presa na matéria e ligada a outras besteiras da existência. Sua irmã tinha um marido que a traía com quem aparecesse pronta na frente. Mas isso a sua irmã não viu, ou viu e fingiu não perceber, ou viu e decidiu continuar a viver com ele mesmo assim. Ela não podia responder a sua irmã a cada vez que ela abrisse a boca lhe dando lição de vida. Teve a delicadeza de não se intrometer nas escolhas de sua irmã. Não tinha a coragem de destruir sua ilusão consciente, não teve a moral de lhe abrir os olhos para a mentira que ela vivia com seu marido infiel, pai da sua filha de cinco anos. Assim, ela sempre ficava muda, escutando as infinitas lições que todo mundo em volta gratuitamente lhe dava.

Na saída da ducha, tanto por um momento de relaxamento, como por negligência ou pelo azar que a perseguia ultimamente, ela escorregou na água que se espalhava no chão branco de mármore falso e quase caiu. Pelo instinto de sobrevivência presente em cada bicho, ela teve o reflexo de se apoiar na maçaneta da porta do chuveiro que, felizmente, ela deixou aberta. Imaginou o que aconteceria se ela caísse e machucasse uma vértebra ou até a própria cabeça, sem ter ninguém para ajudá-la a se levantar. Ninguém saberia que ela estaria deitada no chão da banheira, sem poder se mover e chamar por socorro. Com a toalha enrolada na altura do peito, ela suspirou e pensou quantas coisas acontecem com as pessoas durante o dia — coisas, detalhes e eventos que ninguém, exceto a própria pessoa, nunca saberá. Coisas da vida que existem apenas entre o ser e a sua consciência.

Ela tomou um gole do tinto e, apesar do celular não ter tocado na hora da ducha, verificou se entrara algum recado escrito, pois o som que alerta ao receber esses recados era fino demais e poderia ter escapado de seu ouvido enquanto estava embaixo d'água.

Eram 20h17, Pedro deveria estar todo relaxado nos braços de seu novo marido, ou parceiro, ou como ele definia o relacionamento deles. Era o horário de ele se espalhar em frente à TV, procurar um bom seriado e ficar assistindo até o sono vir e mudar para cama. Ele costumava jantar em frente à televisão. Era seu programa preferido. Ele sempre dizia que o homem não precisa de muito pra ser feliz. Um dia produtivo no trabalho, um jantar leve, uma taça de vinho e uma boa companhia. Ele não precisava de nada mais. Apesar de Pedro ser pouco ambicioso, nunca lhes faltara nada. Ao longo dos dez anos de seu casamento, ela reclamava que ele poderia querer mais, viajar melhor, em classe executiva, e frequentar hotéis melhores — ele a ignorava e repetia que a felicidade não estava nesses detalhes, que a matéria, quando era ampla, tendia a esconder a essência.

E sim, ela estava com saudades de Pedro, como não estar com saudades da pessoa com quem compartilhou dez anos da sua vida, junto de quem teve planos de ficar a vida toda, sentar como dois velhinhos no banco de madeira à beira de um lago espiando os pássaros voarem de lá pra cá, com quem casou numa grande festa na fazenda dos seus avós, à luz do pôr do sol, que deitava lentamente e espalhava cores absurdas que ela só vira naquela noite e nunca esquecera? Ela estava com saudades dos papos noturnos que eles tinham a dois, das viagens que faziam, das risadas que davam, dos comentários sobre os livros que dividiam, tinha saudades da gordura que crescia acumulada na barriga dele, do peso dele, do seu grande nariz no qual ela via personalidade e caráter. Saudades da visão equilibrada que fez da vida, da paixão que teve pela natureza, saudades das longas caminhadas por dentro da mata, na areia das praias, no seco do deserto. Mas a vida teve outros planos para eles. Ela não era suficientemente completa para ele, e o gosto dele era outro. O amor que captou o coração dele era um amor contra o qual ela não teve nenhuma chance de ganhar. Pedro, o seu precioso parceiro, com quem ela tentou ter filhos e não conseguiu, deixou-a pelo amor que ele tinha por um velho amigo, o Jonathan.

A música tocava no fundo, a cantora falava suas palavras do amor. Falava que ela "... veio ali por mais uma vez, o quanto ela o amava, quanto o desejava, que ele ocupava a mente dela o dia todo, que ela vai conquistar ele, que naquela noite ele entenderá, ele a sentirá, o quanto o seu amor é firme, o quanto ele a deixa viva, e viva é só como ela quer se sentir, ela veio ali por mais uma vez...". Essa música a transportou anos atrás para os primeiros dias do namoro deles. Não era nada parecido com o amor à primeira vista. Eles se conheceram num jantar na casa duma amiga, e Pedro nem se impressionou com a presença dela. Dias depois todos combinaram de ir juntos a uma manifestação na USP e foi lá que ela notou que Pedro era diferente dos outros, bem mais calmo, que não procurava se destacar, com sorriso tímido que revelou dentes brancos e alinhados. Foi lá também que ela captou o fato de que ele olhava direto em seus olhos e parecia não temer nada. Faltaram mais alguns encontros na companhia dos outros amigos até que ela conseguisse chamar sua atenção e fazê-lo pegar o seu número de telefone. Em certos momentos ao longo de seu casamento, ela não podia deixar de se perguntar se eles acabariam juntos se ela não tivesse insistido tanto. Qual seria a sua parte na responsabilidade dessa história? Ela se atormentava com a ideia de que o empurrava demais pra começar esse relacionamento. Talvez a faísca inicial não fosse forte. Talvez os dois tivessem caído um na vida do outro por falta de alternativas. Mas ela parou de se culpar depois do dia em que foi consultar um astrólogo que lhe garantiu que estava tudo predeterminado. Falava que tudo estava escrito nas estrelas, até o livre-arbítrio que era dado estava já previsto na constelação.

O cachorrinho abriu os olhos, ela quase se desculpou por tirar-lhe o sono. Foi até ele e fez carinho. Ela não gostava do nome que escolheu pra ele. Na verdade, não foi ela quem escolhera; era a moça do abrigo que o chamava de Bono, porque era seu filhotinho preferido, o mais bonzinho de lá. Então, ela não quis ser cruel com ele, pois dizem que dá azar mudar de nome, e também pelo respeito àquela moça, nos olhos de quem jurava ter visto algumas lágrimas enquanto ela escolhia o cachorrinho, e a quem prometera continuar chamando-o de Bono.

Ela se envolveu no roupão que ganhou de presente de uma colega do escritório, na ocasião do "amigo secreto" do ano anterior, e foi até a geladeira se servir de mais vinho na taça que acabou esvaziando. A geladeira recém-comprada estava limpa e vazia demais. Pedro não acreditaria se visse aquilo. Ele sempre ria dela ao abrir a geladeira na casa deles e perguntava se ela esperava o exército para jantar. Nunca tinha lugar pra pôr mais uma garrafa sequer. Sem ter fome, ela decidiu pôr água para ferver na panela, a fim de preparar uma massa. Espaguete na manteiga. Só pra não deitar com a barriga vazia, pois o sono não fica profundo. Era tragicômico jantar espaguete na manteiga à noite; isso lhe lembrava os seus anos na faculdade, bem antes de conhecer Pedro. Ela já havia esquecido como era a vida de solteira. Com Pedro, ela inventava pratos culinários, noite após noite. Não porque ele era exigente, mas porque ela tomou gosto em lhe dar prazer, em cozinhar e em mimá-lo, nessas horas preciosas deles ao final do dia. Nunca eles jantaram espaguete na manteiga. O telefone tocou e não era o celular, era o aparelho de casa que emitia sons fortes. Deveria ser a mãe dela. A única pessoa que conhecia o número do telefone fixo de casa. E a última pessoa com quem ela queria conversar. Ela entendia que a mãe a espionava, devia sentir a sua solidão; mãe — seja boa ou má — sente. Ligando no celular, sua mãe não saberia se ela estava em casa ou fora, e a mãe queria muito saber onde sua filha recém-divorciada andava. Talvez sua mãe ainda rezasse para ela não atender, para que a filha estivesse saindo, se divertindo, quem sabe iniciando uma nova história de amor. Ela ficou fixando nesse aparelho de telefone que não parava de tocar, e pensou consigo se atenderia ou não. Sua mãe, apesar de nunca ter apreciado Pedro, sentiu muito por ela. Sua filha mais velha andava perdida, numa fase tão avançada da vida. Ela não quis falar, não quis conversar, não quis entregar para a mãe a sua confusão dos sentidos, mas ela sabia que a velha insistiria, em seguida, em seu celular. Então, ela atenderia e fingiria um "alô" repleto de energia, leve e dinâmico, cheio de boas notícias pra dar. O mesmo "alô" que ela dava aos namorados que demoraram dias pra ligar, só pra fingir que andava bem sem a presença deles. A mãe responderia com aquela voz grave de alguém que falava do túmulo. E aquela voz a conduziria a um lugar ainda mais baixo do que aquele em que ela estava. Ela sabia que não teria como ficar na linha, naquele momento, respondendo a todas as perguntas, as mais doloridas, se o dia foi bom, se ela iria sair, o que ela iria jantar, porque ela não combinava nada, o que faria amanhã — todas aquelas perguntas que ela mesma já havia se perguntado e não soubera responder. Rapidamente, ela improvisava que acabara de entrar e não tinha tempo de conversar, pois marcou de sair com amigos, e que já estava superatrasada, mas que sem falta lhe retornaria a ligação no outro dia, logo quando acordasse, e beijos e mais beijos, e boa noite.

Ela se salvou dessa. Livre da mãe. Sozinha de novo. A água vai demorar a ferver, ela ficou do lado se apoiando na prateleira perto do forno, esperando. O fogo a gás liberava chamas azuis e laranjas e a fascinava. A sua cozinha não era feia. Pequena e funcional. Toda revestida de branco. Tomou um gole do vinho que não era nada espetacular. Ela não gastava muito com vinhos só para ela. Pedro apreciava um bom vinho, mas, agora que estava sozinha em casa, ela não fazia questão de escolher o melhor. Ela se perguntou qual dos dois, ele ou Jonathan, fazia as compras de casa. Qual dos dois escolhia os vinhos que bebiam, qual dos dois cozinhava, quem colocava a mesa, quem servia pra quem. Eles eram tão bons amigos, deveriam dividir as tarefas. Eles já se conheciam havia muito tempo. Jonathan já era amigo de Pedro quando ela começou a sair com ele. Os dois se conheceram na faculdade. Jonathan nunca namorava. Nem com homem nem com mulher. E se namorava ninguém nunca conhecia ou ouvia falar. O fato era que ela nunca via Jonathan envolvido com ninguém. Eles o chamavam de bicho do mato. Um solitário. Quando ele queria, ele tinha uma vida bastante movimentada. Cheio de amigos, ele saía à noite e viajava o mundo. Fazia aquelas viagens longas para lugares exóticos com que todos sonham conhecer. Alasca, Saara e Nepal. Era criativo, trabalhava no setor de moda. Teve vários empregos ao longo dos anos, mas sempre com muito sucesso, sempre trocava para um emprego melhor com salário maior e com desafios mais interessantes. Jonathan era bem-vindo na casa deles, mas nunca abusava do espaço do casal e sempre a respeitava e a tratava com carinho. Ela não suspeitava nada além da amizade firme e sincera entre os dois. Ela não sabia afirmar se os dois já se amavam antes de ela descobrir. Ela não tinha como adivinhar aquilo, e após muitas horas de reflexão consigo mesma, decidiu não investigar. Tem coisas que são para permanecer como enigmas. Não é preciso ter a resposta e a certeza de tudo. A avó dela sempre dizia que, na vida, se não quiser escutar mentiras, melhor não fazer perguntas.

A água na panela borbulhava. Ela colocava o rosto em cima, de modo que o vapor que saía de lá chegava a umidificar a sua pele, que se cobria com uma camada fina de pingos d'água e brilhava à luz da noite que descia. Ela fechou os olhos e procurou rir sozinha de sua nova brincadeirinha. Isso acontece quando a gente fica sem nada pra fazer. A gente inventa as coisas sem nenhuma finalidade. Ela abriu o armário para tirar de lá a sacola da massa que ia jogar na água fervente. Seus olhos estavam cheios de lágrimas e, sem um aviso sequer, escorregaram uma após a outra e molharam as duas bochechas, cada uma numa trilha absurdamente simétrica. Tinham lá muitas lágrimas, que caíam e caíam.

Os últimos anos com Pedro não foram nada fáceis. Um tratamento após o outro, todos deram errado. Essas tentativas de engravidar abalaram o casal. Cada vez eram novamente obrigados a construir a esperança, a não parar de ter fé, de acreditar que eles conseguiriam ter um filho, fruto desse amor que tinham um pelo outro. Cada vez acumular forças novamente. Perseverar. Havia tempos em que ele pedia para renunciar, porque cansou de viver o fracasso, o desgaste emocional foi dolorido. E a culpa era dela, pois o problema estava nela. O útero dela não era materno para procriar. E os laboratórios, e os médicos que passaram a mão neles, e todas as opiniões. Dos médicos, da família, dos amigos.

Teve aquela vez que ela conseguiu guardar o neném por algumas boas semanas e eles até acreditaram que daquela vez eles conseguiriam ir até o fim da gravidez. Já se permitiram sonhar os sonhos que eles já riscavam da suas mentes apavoradas de mais uma desilusão. Mas ela e seu útero não estavam à altura sagrada da vida. Ela devia fazer uma curetagem no hospital. Foi a única vez que chegou tão longe e necessitou de uma intervenção cirúrgica para tirar o único feto que crescera um pouco. Pedro estava arrasado e, quando ela abriu os olhos, ele estava junto de Jonathan na beira da cama dela. Jonathan veio dar uma força ao Pedro, que não aguentava mais lidar com ela deprimida e exausta de tristeza. Todos esses anos de tentativa para engravidar mudaram a vida sexual deles. O sexo não era mais romântico nem espontâneo. A intimidade na vida de todo casal acaba destruindo a sensualidade. Eles esqueceram os primeiros tempos quando ele a devorava na entrada do apartamento, logo na saída do elevador. Já esqueceram como transaram dentro da água do mar, entre as ondas e as correntezas, já esqueceram como era divertido o sexo molhado. O deles virou trabalhoso. Um problema, nada bonito, nada agradável.

O espaguete não era saboroso, mas também não era pra ser gostoso. O próprio barulho dos talheres que tocavam no prato de cerâmica, o único barulho na mesa, lhe apertou o coração. A garrafa de vinho acabava e ela não quis abrir outra. A música que tocava era nova pros seus ouvidos. Desta vez, era um cantor de voz aveludada que cantava sobre a "menina vestida de preto que andava na floresta junto com ele, e ele colocava a cabeça no ombro dela, e fazia da vida dele uma melodia". A canção e o saxofone que o acompanhavam faziam-na querer ser amada de novo. Ser pega pela paixão. Ser inflamada e tomada pela presença do outro. Sentir a própria barriga queimando, sentir o seu coração batendo alterado.

Ver sua pele rosada, molhada de vontade. Viver com seus sentidos atrapalhados, sem poder julgar direito. Quis se sentir desejada e ver o homem enlouquecido por ela. Ela tinha tanto amor pra dar. Quis ser amada por outro homem que não fosse Pedro. Ela não os imaginava juntos outra vez. Nem sentados, abraçados no sofá, em frente à televisão. Depois daquela vez em que encontrou ele e Jonathan, um em cima e o outro embaixo, pelados e excitados, ela não sonhava mais estar junto.

Bono olhava para ela durante o jantar inteiro. Ele despertou completamente no momento em que a manteiga se derretia no prato do espaguete e espalhava no ar um cheiro de leite quente. Ela acolhia o Bono em seu colo e abraçou-o forte, até sentir os ossinhos frágeis, ainda em pleno crescimento. Tanto amor pra dar. Tanta necessidade de dividir, de tocar, de proteger alguém entre as suas asas. Mesmo que a vida, em seu vasto sentido, fosse uma constatação permanente de solidão, ela ainda insistia em poder viver plenamente nos intervalos nos quais o amor dominava a vida dos amantes.

Ela deixou o prato na mesa sem colocá-lo na pia, uma liberdade que somente uma mulher solteira pode se dar. Amanhã ela o lavaria. Bono precisava da sua última descida do dia, antes de segurar a vontade de xixi por toda a noite. Ela olhava para seu roupão, não era nada provocativo. Poderia bem parecer um sobretudo com o cinto amarrado na forma de asas de borboleta. Ela só desceria até o térreo, e lá na grama em volta do prédio esperaria na escuridão Bono fazer as necessidades. Calçou as pantufas e pegou o celular, deixou o som ligado tocando no fundo, chamou o elevador e desceu até o andar térreo.

Ela soltou Bono na parcela da grama que ficava em torno da portaria do prédio. Depois de alguns minutos em que ela olhava fotos antigas guardadas em seu celular, o porteiro saiu e a cumprimentou educadamente. Um rapaz jovem que ela nunca viu antes, que começou a trabalhar no prédio havia uma semana. Ele fez curso de segurança, mas não achava trabalho como agente de segurança. Ele contava a história da vida dele. Veio pra São Paulo da Bahia, falou da esposa, que encontrou assim que chegou na cidade, ela estava desempregada, falou da filha, que estava começando a falar as primeiras palavras com um ano de vida, falou da chuva que não chegava, perguntou se ela ouviu sobre o assalto que havia acontecido na rua ao lado, da noite que ia passar acordado na portaria, dos vizinhos que entravam na madrugada, da fome que sentia após a meia-noite, falava e não parava de falar. E ela o escutava. Era uma voz falando.

Ela ia se deitar e assistir a algum programa na televisão que estava fixada em frente a sua cama. Escovou os dentes, se encontrou no espelho. As pálpebras que pesavam sobre seus olhos não tiravam o verde da sua íris. Ela sentiu o desejo de ser tocada. Quis voar para longe, onde só havia alegria e paz. Sem pensar duas vezes ela tirou o roupão e entrou na ducha. Aquela mesma ducha de onde ela acabara de sair. Ela fechou os olhos, deixou o momento tomar conta dela. Viu as imagens que só ela saberia contar quais eram, e então ela planou, uma, duas, três vezes na eternidade.

A condição humana

Estamos sentados juntos,
Ombro a ombro,
Este sofá ainda nos aguenta,
Eu quero te tocar,
Mulher rainha, abelha-mãe.

Estava com saudades,
Sua pele, sua carne,
Quero só provar
Sem que sejam minhas.

Você finge que não vai topar,
Não desta vez,
Quer juramentos de que vou mudar, me comportar.

Você abaixa a cabeça,
Seu corpo endurece, seu pulso vai pro céu,
Por que o amor complica tanto?

Seu ombro se afasta do meu,
Você afunda no assento
Como se a distância fosse mudar o que está no ar
Você me quer, mas pensa em fugir
Sair à rua, ir pra casa e chorar.

O desejo logo te trai,
Tenho todo o tempo do mundo,
Você quer tudo e agora,
Mas a vida tem uma outra agenda,
Se eu mudar,
Não serei eu que você vai amar.

O velho jogo dos amantes,
A batalha pela conquista do coração
Como nas guerras entre os povos,
Somos escravos de nossos egos.

A música toca, uma pinga acaba, uma risada exalta,
Você quase que relaxa,
Seu corpo fala mais que você,
Ele treme, talvez cansou,
Aquele escroto que você pensa que sou
Faz seu corpo querer, faz seu corpo gemer.

Pelada, sem a sua roupa fina,
Eu respiro a pureza da sua pele,
Passe sua mão onde quiser,
Eu suspiro no seu ouvido
"Nada vai mudar",
Você ainda vibra com mais vontade
Minha mestra da condição humana.

Seus olhos verdes se tornam azuis, depois pretos
Como dois faróis eles me penetram
Eu fico tonto, uma parte minha quase sua,
Não pare, eu lhe peço,
Não pare agora, não.

O DUELO

Foi no sonho dela que ele apareceu. Jovem, duma beleza extrema, dono de um corpo perfeito como esculpido na estátua de Rodin. Uma massa saudável de músculos concentrada dentro de sua pele lisa e branca, igual à pele de mulher eslovena. Chamaram a atenção dela as tatuagens escritas em preto, destacadas em cima daquela pele transparente, frases bíblicas preciosas, alinhadas nos seus braços. As frases eram um juramento que fez como uma homenagem ao pai. Uma promessa que ficaria fiel aos seus ensinamentos e valores. Ela não podia adivinhar se o pai ao qual ele fazia referência era aquele que o trouxe ao mundo, ou se o pai era o Deus todo-poderoso que está lá no céu. Mas ela ficou aliviada que as tatuagens e a promessa eram dirigidas a algum pai, e não a um antigo amor que ele já tivesse vivido. Ela não achava nada excitante se apaixonar por alguém que tinha uma musa eterna tatuada no corpo e na alma. Toda mulher espera ser a única musa na vida de um homem. É um título que a mulher quer ganhar na relação amorosa, pois uma musa, mesmo depois que deixa de existir, deixa de atuar, nunca morre. Fica para sempre na memória do antigo amor e se torna eternamente um mito.

Tão forte era o impacto que ele provocara nela no instante em que seus caminhos se cruzaram que ela se convenceu de que os dois já deveriam se conhecer de vidas passadas. Intuitiva como sempre, lia a história cármica deles composta na sua cabeça. Naquela outra vida, ela deveria ter sido a rainha sentada ao trono, bela e poderosa. Casada com o rei, mas aborrecida no amor. Ele poderia ter sido aquele soldado valente que se destacava no exército do reino. Naquela outra vida, ele tinha sido a sua tentação. A paixão entre eles era maior que tudo, mas contra todas as esperanças de ter um final feliz. Ela tinha acabado por cair no charme dele. E como os outros amantes recém-nascidos, que põem a razão de lado e se deixam levar por puros instintos bestiais, os dois terminaram agindo sem a prudência adequada. Em um dos seus encontros noturnos, entre as árvores e as camas esverdeadas das plantas dos jardins do Palácio Royal, eles foram descobertos pelados, encostados no tronco da velha árvore, em pleno ato de amor. Sem roupa, humilhados, eles foram levados pela Guarda Royal até o rei. O *affaire* causou um terremoto no exército do reino, e ela perdeu seu lugar no trono. Ela foi presa e, depois, executada. Tudo em nome da paixão.

Mas, nesta vida, ele era ainda mais lindo que lindo, bem mais jovem que ela e cru. Homem apetitoso e saboroso, como uma carne fresca e suculenta pode ser. Um homem viril e com uma pérola de feminilidade que fazia toda a diferença na masculinidade que encontrava por ali. A sensualidade com a qual ele se colocava no mundo era atraente e a fascinou. Parecia que ele tinha aprendido a conviver com sua fragilidade apesar de seu físico forte. E tinha algo marcante no andar, na maneira com que carregava seu corpo e se apresentava no mundo. Também havia um charme na falta de consciência do impacto que a sua presença causava. Um homem reservado que estava à procura de um canto neste vasto mundo; mas não qualquer canto, ele parecia buscar um esconderijo.

O fato era que ela o viu e foi atingida pelo raio que dele saía. O amor não se anuncia quando chega. Conformada com a vida de casada que levava, ela não costumava olhar pros lados. Mesmo que não vivesse no auge do amor com seu marido, ela não era nada carente. Eles viviam muito bem juntos. Duas pessoas evoluídas que mantiveram um diálogo franco e rico, duas almas velhas. Um amava o outro sem questionar a medida desse amor. Como costuma acontecer no casamento duradouro, o amor entre eles se amadureceu e se transformou junto com eles. As diferentes fases do amor, eles entenderam, faziam parte do casamento, e não acharam que tinham por que se alarmar.

Apesar de ser uma linda mulher que não deixava ninguém indiferente à sua beleza, ela não sabia avaliar se o jovem homem a percebia quando ela fixava os olhos nele. Nem sabia se ele a tinha notado entre tantas outras pessoas que iam e vinham. A luz estava baixa. E ela, discreta por elegância, já com certa experiência de vida, não pensava que ele pudesse achar graça nela. Foi assim que ele entrou em sua mente. No dia seguinte, na mesma hora e no mesmo local, ela voltava a procurá-lo. E ali ele estava. Ela voltava todos os dias e fazia um pouco de tudo pra chamar a atenção dele. Usava roupas justas, cabelos penteados, unhas feitas, perfumes apimentados. Quando o via, olhava para ele sem nenhuma vergonha, porque a vida a tinha ensinado como fazer quando queria algo. E depois de olhar mais vezes e por mais dias, não sobrou mais dúvida de que ele apreciava os olhares e também os sorrisos que brotavam por ali. Eles começaram a conversar. E quando ela abria a boca, só coisas sabidas e engraçadas saíam de lá. E quando acabava a conversa, eles se despediam e esperavam para se ver de novo no dia seguinte. Ela estava caída por ele. Ele estava ainda de pé. Ela queria conquistar a mente inteira dele como ele fez com a dela. Ela queria que ele a desejasse como ela o desejava. E assim começou o duelo entre eles. Cada um queria tocar no outro, ao preço de ser tocado. Um era o objeto da paixão do outro. No duelo, intenso e perigoso que é, tem um que toca primeiro ferindo o outro. Sempre tem um que cai primeiro, sangrando e enfraquecido para se levantar. É um espetáculo lindo. Uma libertação das emoções. Uma lenda vivida enquanto está em jogo, mas quando chegar a seu fim, o duelo é cruel.

Antes de conhecê-la, a vida dele era incompleta e parecia ter sido colocada em pausa. Jovem, sem rumo definido, era como se estivesse esperando um milagre para repor a sua vida em marcha. Não são todos que nascem com um sonho predestinado a concretizar. Ele trabalhava das nove às cinco num escritório qualquer sem ter sequer um plano de carreira. Malhava todos os dias, e era assim que ele botava as frustrações para fora. Viajava pouco por falta de dinheiro, que não sobrava no final do mês. Cuidava de seu cachorro, com quem passeava duas vezes ao dia no Parque do Povo. Era um homem bem solitário. Uma estrela sem brilho. Um ator talentoso sem palco. Parecido com um bicho perdido procurando um mestre que o adotasse para sempre. Como todos os seres sensíveis, ele estava à espera de um amor que o descobrisse e o levasse junto no passeio da vida. Era claro que o passeio da vida dele dependia da chegada de seu parceiro do amor. Não aguentava cumprir a jornada sozinho, nem iniciar uma fração do passeio desacompanhado. Ele era charmoso, extremamente lindo, sedutor, sensível e dependente, fragilizado pelo destino e vulnerável por suas condições sociais. Ela poderia ser tudo o que ele jamais sonhou achar numa mulher. Como mostraram seus ombros largos e definidos, ela aguentaria a carga de todas as suas fraquezas e carências. Apesar de ser bem mais velha que ele, ela parecia uma princesa grega, pele bronzeada e estendida, um sorriso desenhado, olhos puxados. Sua beleza exótica, sua segurança e seu carisma faziam com que a sua presença fosse marcante. Quanto mais ele a via e a escutava, mais a desejava. Algo nela, talvez até cármico, o atingiu bem no fundo de seu ser. Tem vezes, como foi no caso dela, em que a paixão nasce de lugar nenhum, como que vinda de um raio. Mas, em outras vezes, o desejo vem se revelando devagar, exprimindo a necessidade de se fundir com tudo aquilo que o objeto da paixão representa.

No começo ela se deixava fluir. Ela se deixava sentir, porque assim a vida dela ganhava um sentido quase mágico e misterioso que lhe faltava havia algum tempo. Ela se lançava no duelo. *Touché* pra lá e pra cá. Sentia-se viva, desejada, engajada na luta contra o medo de perder no duelo. Atenta ao perigo de ser pega no jogo. Ela era uma mulher com a vida estabelecida e a colocava em risco. Ela tomou gosto por esse jogo de duelo. Qual dos dois amará mais, qual deles cairá, ajoelhará, quebrará primeiro. Com o passar dos dias, ela ficava mais e mais focada nos encontros com ele. Procurava ele aonde ia; mesmo nos lugares em que não havia chance de ele aparecer, ela o procurava. Os encontros rápidos já não eram mais suficientes. Ela queria mais. Vê-lo de novo. Vê-lo por mais tempo. Segurar a mão que transpira. Sentir a mão que desliza. Os dias e as noites passavam e ela ficava alucinada com o que nascia entre eles. Ele ocupava a mente dela o tempo inteiro. Virou uma obsessão. Ela vivia, via e revia os seus encontros.

Os dois sempre se encontravam na escuridão. E, ao contrário do que todos acreditam, na escuridão se vê mais do que na luz. O lugar era aconchegante e não longe de onde ele treinava. Era excitante brincar no meio da escuridão. Nela, ninguém os incomodava. Nesse *décor* ela se sentia protegida. Ela tinha uma vida a perder. Nesta vida não era o trono, nem o reino do povo, mas sim um lar e uma família para cuidar.

A sua razão começou a agir contra. A vida dela inteira seria a razão contra essa paixão que nasceu do nada. Tudo que ela tinha construído antes de ele aparecer foi batido sobre pilares e pilares de fidelidade. Mas ela não parava de sentir o *touché* a cada vez que o via, as borboletas e os passarinhos, os cantos e os tremores não a largavam e o desejo se recusava a morrer. Era como se a mera chama da vida dela se tornasse esse duelo. Tinha dias em que ela acordava com a força renovada que somente uma boa noite de sono sabia lhe dar, e ela se convencia de que a beleza não era tudo, que o sexo era efêmero, que o corpo era nada além de uma expressão material, que a sensualidade por si mesma era nada mais que uma bobeira, que tudo reside na própria mente e ela bem que poderia fazer sexo com seu marido e pensar no outro. Pois a expressão da paixão não depende de quem é o objeto do amor. Ela iria se obrigar a parar de pensar nele, porque atrás desta paixão se escondia o mal, suas perdas e a dor. Ela se forçava a entrar numa batalha contra o próprio desejo, o que toda mulher de família faria. Era ele então que não parava de provocar, e ela acabou sempre cedendo ao seu charme. Naquela altura do jogo, ele já via nela o seu mestre. Era ela a mulher que desde anos ele procurava. A partir de agora, ele se segurava para não enlouquecer por ela. Parecia que a fase esperada do jogo estava para acontecer. Ele iria implorar para ela deixar tudo e ficar só com ele. Ele já era dela.

Charmoso, com o dom da sedução, ela o viu ajoelhado, olhos marejados, pedindo a ela para não parar de se encontrar com ele, jurando que podia ser um bom pai para os seus filhos. Ele dizia que, ao lado dela, nunca olharia para outra mulher, que estudaria na faculdade, construiria uma profissão, mudaria sua religião, que os dois fariam a vida juntos até morrerem. Ela, nenhuma outra, seria a salvadora dele, e ele seria o amor verdadeiro dela. Então, ela voltaria àquele lugar onde ele a pegaria no braço, bem no meio do braço, entre o ombro e o cotovelo. Uma pegada que viria da dependência do objeto da paixão. Ele a apertaria e a guiaria sem falar aonde iam. Eles andariam quase que voando e subiriam escadas rolantes. E lá em cima, no andar alto de um prédio qualquer, ele a empurraria contra uma parede, e enfim falaria e diria que não aguenta mais a vida sem ela ao seu lado, a seguraria com firmeza até que ela sentisse que iria se quebrar e não soubesse diferenciar quais eram os membros do corpo dele e os do dela. E, depois, seus braços envolveriam seu corpo magro, porém forte, e ela mergulharia dentro dele sem se esquecer do perigo que corria. E os batimentos de seu coração, e o cheiro dos seus líquidos, e o toque das peles unidas e as pálpebras que descem para fechar os olhos e não registrar a cena do crime. O duelo terminou. Ela foi declarada vencedora. O jogo não teria mais interesse nenhum. O medo de perder não existia mais. Um ficou embaixo, ajoelhado no chão, implorando pro outro lhe dar sentido à vida.

Confusa, apavorada com o rumo que levava seu próprio destino, ela o beijava porque queria tanto viver. Ela ia beijar a criatura mais linda desse mundo. Ele parecia uma estátua de Rodin. Ela começava a ter medo de si mesma. Começava a duvidar de sua capacidade de proteger o seu lar e a sua família. Até onde ela levaria essa história, do que ela ainda seria capaz? Teria que parar de vê-lo já e agora e acabar com isso para sempre. Ela não poderia permitir se lançar numa aventura dessas. Nunca ele saberá o quanto ela o quis e o quanto ela sonhava com ele.

Mas o olhar desse jovem. Esse olhar a penetrava e tocava sua alma e a mandava para o lugar mais profundo dentro dela, talvez para outra dimensão das eternidades quando, sem ter um corpo, ela era um vento livre no espaço, uma molécula leve e frágil. E quando ele a olhava, sem ter mais o controle de nada, ela se desmanchava, se desmontava, se desfazia em frente a ele. Seu corpo virava algodão, uma pluma. Ela e o seu corpo viravam um vento só. E quando ele não estava, ela morria. Morria de saudades, morria de culpa e morria de não poder mais viver longe dele. Ela ia e voltava e ia de novo ao encontro dele. Corajosa ou imprudente, com aquele tremor que vibrava dentro dela, alertando a proximidade da linha vermelha, ela confrontava o perigo em nome do desejo, em nome da verdade. Ela se sentia viva. Sem tocar, sem agarrar, engolindo o ar que ele soltava a cada expiração. Ela tomara o ar que ele não quis e, assim, apalpara a alma dele. De perto ela apreciara a beleza dele e concluíra que a sua beleza era ainda maior que a da estátua do Rodin. Sensível até um gatilho da morte, esse homem era uma pintura viva.

Dentro da eternidade o tempo deles não durou muito. Ele não aguentava as frações da vida com ela. Ele enlouquecia nos parênteses da vida onde ela o deixava muito só. Ficava dormindo de dia e acordado à noite, parava de malhar, perdia o apetite. Ele a queria inteira junto dele. E o juramento que fez ao pai não permitia que ele namorasse a mulher de outro. Ele tinha decidido fazer tudo para apagá-la de sua vida. Ele começa a ficar com outras mulheres. Mais jovens e livres. Começa a beber. Seu físico muda, piora.

Os dois sofreram. Restava esperar o inverno passar e os dias quentes chegarem e o calor queimar as feridas. Ela tinha pena dele como o caçador tem pena de sua presa. Como o autor teria pena de seu herói. Chega de *touché* para lá e *touché* para cá. Já foram mil *touchés*. A dúvida no duelo, como no amor, era vital para o jogo se sustentar. Ela vivia sonhando. Ela piscava e encontrava um enorme alívio porque estava tudo acontecendo na sua própria imaginação. E a cada vez de novo ela se impressionava com a sua capacidade de redigir um sonho tão perfeito. Quando abria os olhos ela entendia que ninguém acorda de manhã somente para viver.

O pardal

Cada dia que passa
É um a menos,
Um a menos da vida.

Cada dia sem você
Menos cheiro, menos sentido.

E somente o pardal,
Que não é muito colorido,
Olha ansioso de cima de um fio elétrico,
Esticado em demasia,
Avista e voa, cansou de assistir
A uma vida que não é a dele.

E eu também cansei de não ser uma parte.
Sem você não há plenitude
Para fazer parte dela.

Liberdade

Ele esperou impaciente os pais saírem do apartamento. Quando finalmente escutou a porta bater, sabia que ficara sozinho em casa. Ele não sentia nenhum aconchego nessa casa. Era só um lugar para dormir, tomar banho, trocar de roupa, comer. Nem a comida era mais de seu gosto. Sempre tinha os mesmos pratos servidos. Aquele arroz com ovo mexido misturado com cheiro-verde e sem a batata palha que tanto adorava. Antigamente, sua mãe servia a batata palha para agradá-lo, mas fazia um tempo que isso tinha desaparecido do prato do dia. Todas as vezes que pedia que voltasse, era simplesmente ignorado. Era tratado como se fosse ar. Ele falava e ninguém escutava. Esses dias ele andava pelo apartamento sem falar mais nada. Ficava jogando seus jogos no computador com os amigos, *on-line*, botava seus fones de ouvido, concentrado no jogo com o objetivo de ganhar, e somente nos momentos de vitória, alguns gritos eufóricos ecoavam pela casa.

Agora que ficou só, colocou a música em som alto no apartamento todo. Uma das poucas coisas que ele apreciava nessa casa eram as caixas de som embutidas no teto do apartamento e aonde quer que fosse, no banheiro, na varanda, nos quartos ou na cozinha, a mesma música o seguiria. Botava o som alto nas caixas. Era *rap hip-hop*, música atual contemporânea. Cantor protestando com sua voz grave. Dando lição de vida a quem o escutava. Letra simples que implorava por mais ética nas relações entre as pessoas e alertava sobre a deterioração nas cenas vistas nas ruas. Lior preparava seu achocolatado misturando leite e chocolate em pó. Foi para seu quarto arrumar a mochila, colocou poucas coisas. Algumas cuecas, camisetas básicas, bermudas, *shorts* de nadar. No calorão que o esperava no deserto não precisaria de tanta roupa. Pegou uma toalha só, tamanho médio, pois uma maior ocuparia muito espaço na mochila e ele não tinha a intenção de levar uma mochilona porque deveria sempre carregá-la e não queria atrapalhar a caminhada com o peso permanente nas costas. Ele cultivava a leveza. Tinha intenção de se desapegar de tudo. Queria ser livre. E a liberdade não era somente referente à independência dos pais, mas também das coisas materiais. Fazia tempo que planejava sair de casa. Fazia tempo que entendia que a liberdade não é dada, é conquistada, e não é recebida de ninguém. Ele precisava estar só. Ele, consigo mesmo e com a liberdade adquirida.

Com a mochila quase transbordando, apesar da pré-seleção meticulosa dos itens colocados, largada em cima da cama, ainda com o zíper aberto, e a música de fundo apressando-o a acelerar o ritmo dos seus passos, ele tomou uma última chuveirada refletindo ainda se ficaria com saudades dessa água perfeitamente morna, pois não sabia onde tomaria seu próximo banho. Nas pousadas que ele esperava encontrar no deserto do Neguev, não deveria ter fluxo constante de água. Mas isso tudo era o de menos. O que o interessava era sair dessa casa, dessa vida falsa, dessa gaiola infeliz, desse aborrecimento ao seu redor. Ele voltaria a tempo de prestar suas provas do final do ano, matérias tão fáceis. Era um menino estudioso e inteligente, já tinha lido todos os livros de Literatura e História que estavam na lista de leitura obrigatória. Ele tinha uma excelente memória e sabia narrar com detalhes as datas marcantes das duas guerras mundiais, os grandes líderes das nações envolvidas, seus nomes, percepções políticas e currículos. Apaixonado por Geografia, ele tinha o mapa-múndi traçado em sua cabeça. No decorrer da semana anterior, na última prova oral sobre a guerra russo-japonesa de 1905, Lior arrasou dando uma descrição impecável das marchas das partidas ao longo da disputa na Manchúria. Nas línguas estrangeiras ele era um "craque" nato. Filho de pai nascido na França, mãe israelense, ele cresceu numa casa bilíngue. Quando a família morou nos Estados Unidos durante três anos, em razão de trabalho do pai, ele adquiriu o domínio da língua inglesa. Da literatura, tanto pela sua sensibilidade como pela sua excelente memória, ele citava frases e parágrafos completos de poetas e escritores. Até chegou a pendurar um cartaz na parede do próprio quarto, no qual citava o poeta Rainer Maria Rilke: "Uma única coisa é necessária: a solidão. A grande solidão interior. Ir dentro de si e não encontrar ninguém durante horas, é a isso que é preciso chegar. Estar só, como a criança está só."

Era mesmo o aborrecimento com o rumo tomado por sua vida em casa que o impelia a fugir de lá. Tudo em volta era falso, raso e sem proposta. Ele não quis esperar até completar dezoito anos para descobrir quem realmente era, pois não entendia qual era a grande diferença entre ter dezesseis e dezoito anos. De todo modo, quando completasse dezoito seria obrigado a prestar o serviço militar, e, definitivamente, não seria a hora de cismar com a busca da liberdade. Era agora que ele devia pegar sua vida nas mãos. Não adiantava ficar numa casa com pais brigando entre si na maioria do tempo. Não entendia por que os dois ainda insistiam em ficar juntos. Ele vivia vendo uma mãe amarga e infeliz. Um pai bravo, de cara fechada, que não conversava sobre nada, a não ser sobre dinheiro, quando fazia o favor de abrir a boca. Falando do dinheiro que nunca trouxera para dentro de casa. A vida que levavam era de classe média. O apartamento era alugado. Os dois carros que tinham estavam velhos e quebrados. Aos olhos de Lior, o pai era nada mais que um fracasso. Ele se esforçava para não tê-lo como modelo, a não se espelhar nele nem por engano, e sabia do perigo que existia na imitação inconsciente desse modelo. Já se foram os anos nos quais Lior tentava descobrir as outras camadas do ser que o pai talvez tivesse tido dentro de si, escondidas, adormecidas. Mas nunca foi bem recebido, nunca lhe foi dado o acesso ao mundo interior do pai que provavelmente já tinha falecido de tanta opressão de seu dono. Vestido de ternos e gravatas que não combinavam com a sua pessoa, fingindo ser alguém importante, sério, capaz. Todas as manhãs, ele escolhia uma nova gravata, uma mais estranha que a outra. Amarrada em volta de sua garganta, como para apertar e sufocar ainda mais o músculo da fala. Todas as manhãs, vestia um terno como o palhaço veste a sua única fantasia. Era pena e nojo que Lior sentia do pai. Quanto à mãe, ela não era uma mãe ruim. Ela tinha os assuntos dela. Tinha seus problemas. A beleza sumia de seu rosto e de seu corpo, flácido por ser malcuidado devido à falta de exercício físico. As poucas caminhadas ao redor do bairro, que fazia com as suas vizinhas do prédio, eram mais um pretexto para escapar da casa no fim do dia que para se exercitar. Ela se esforçava para ser uma mãe legal, mas não conseguia. Sua família tinha histórico genético de doença bipolar, e aparentemente ela não escapava do padrão familiar. Tinha dias em que ela ficava dormindo até a hora do almoço, alegando que sofria de crise de enxaqueca. Todos sabiam que ela não tinha nada na cabeça. Já tinha consultado todos os médicos, feito tomografias que não deram em nada, absolutamente nada. Ele também já tinha escutado ela chorar, trancada no banheiro, onde ela ficava longas horas. Difícil era adivinhar se chorava do nada, da depressão, ou porque pressentia a própria vida destruída, com um marido que novamente se envolvia com mais uma das suas namoradas. Também, o seu trabalho como professora substituta não garantia continuidade nenhuma, e não era permanente, pois ela ficava em casa esperando que o diretor da escola a chamasse, aguardando a ausência de algum professor titular, seja por acidente, por doença ou por qualquer outro motivo. Era professora substituta para as séries dos menores, entre seis e oito anos de idade. Uma professora desta faixa etária não dava conteúdo maior que uma ridícula análise duma história curta, um conteúdo básico de Matemática e uns capítulos isolados da *Bíblia*, que adorava. Várias noites a via compenetrada lendo a *Bíblia*, seu livro de cabeceira. A vida da mãe estava longe de brilhar. Lior não entendia porque ela não a pegava na mão e mudava. Por que essa inércia e aceitação cega do destino. Por que estava esperando tanto para agir. Poderia retomar seus estudos, se formar de novo, se especializando como educadora das séries maiores. Porque ela não saía desse estado parado de calamidade. Em vez de ficar os dias girando em volta do seu irmãozinho que era a criatura mais mimada e chata que Lior já tinha conhecido. Em vez de conversar, ele chorava. Lior odiava assistir como a mãe alimentava o comportamento manhoso do irmão. Sempre o atendia com a maior dedicação, o que contribuía para piorar o caso dele. O mais difícil de engolir era quando o imbecil não parava de molestar justamente na hora que Lior precisava da maior concentração tocando violão ou terminando uma leitura que o empolgava. A única coisa que dava para fazer enquanto o irmão estava em casa era jogar os jogos eletrônicos do computador, com fones de ouvido de espuma grossa, tampando as orelhas inteiras. Assim, foram os jogos e os YouTubers que o salvaram e permitiram a Lior suportar a presença do otário do seu irmão.

Ele se vestiu rápido, fechou a mochila e, após ter enfiado a sua escova de dentes que de fato não pesava nada, abriu mão de colocar a de cabelos que, além de estar suja, ocupava bastante volume. Por último levou o livro *Maus*, que estava terminando de ler. Não podia largá-lo antes de acabar. O livro mexia com ele desde os primeiros dias que tinha começado a leitura. As personagens da Segunda Guerra Mundial, judeus, nazistas e polacos, todas ilustradas em quadrinhos. Até que planejou recomendar que seu professor de Literatura o inserisse na lista de leitura obrigatória do colégio, pois nunca antes tinha lido algo que exprimia tão bem o grau das atrocidades, o feio e a maldade do ser humano como esse livro conseguira. Jogava um olhar amoroso, porém melancólico, na direção do violão que ficava encostado na parede do quarto, sentiria saudades dele. Até que poderia levá-lo junto, mas nem sabia onde dormiria naquela mesma noite e não quis arriscar perdê-lo, por roubo ou negligência. Esse violão, além de ser seu maior confidente das horas de grandes emoções e aprendizagem, era um presente que tinha ganhado dos pais quando fez *bar-mitzvá*. Um objeto tão desejado, que achava melhor deixá-lo a salvo em casa. Ao lado do violão ficava também parado, em cima das quatro rodas, o seu velho *skate*. Esse também foi um grande parceiro de horas de reflexão. Ia e voltava nele todos os dias da casa à escola. Era nessas horas, quando rolava nas descidas das ruas curvas, que Lior experimentava o gosto da liberdade.

Saiu pela porta de casa sem desligar a música que continuava espalhando as proclamações do *rap* no ar vazio do apartamento. Foi até a estação central de Tel Aviv e subiu no ônibus em direção ao sul do país. Que delícia foi aquele momento! Que realização pessoal! Uma alegria o abraçava quando sentava no último banco do ônibus. Calor pesado o esperava no deserto do Neguev. Calor e silêncio e infinidade de areia, e montanhas vermelhas, e ar seco, e sol onipresente, e camelos fortes com aparência cansada, e pouco gado, e pedras de todos os tamanhos, e precipícios e pouca sombra, e quem saberá dizer o que mais o aguardava por lá.

Ele estava contente consigo. Desligou o celular quando se instalou no seu assento. Ele o usaria somente em caso de emergência. Não tinha curiosidade em saber as mentiras que os amigos postavam no Instagram. Era falso o que eles mostravam. Obcecados por uma necessidade exagerada de comunicar ao mundo o que viviam. Achava hipócrita esse esquema do Instagram, que era na verdade uma enganação total. Uma falsa ideia de felicidade estampada nas imagens postadas. Ninguém postava cenas de dor, sofrimento, preocupação ou fracasso. Ele guardava no bolso um pouco de dinheiro e um cartão de crédito que o pai havia feito para ele um ano atrás. Isso, o dinheiro, era o que o preocupava menos. Em Israel ninguém morre de fome. As pessoas, em geral, são de natureza altruísta, e se acabar seu dinheiro e o cartão não funcionar, ele entrará em qualquer restaurante e poderá prestar algum serviço, como lavar louça ou fazer limpeza por um prato de comida básico.

À medida que o ônibus se afastava da zona rural e entrava na estrada do sul, Lior relaxava. Ele realmente estava pisando no caminho que tinha desejado havia tempo. Não estava mais nem sonhando nem planejando a saída de casa, estava efetivamente seguindo a trajetória desejada. Ele ia descobrir se o mundo não era mais lindo do que lhe mostraram em casa. Se as cores não eram mais dóceis e menos ameaçadoras. Se as pessoas não andavam com mais suavidade e menos rancor. Se elas não eram menos agressivas e pouco amargas. Ele queria ser tocado, queria ser movido em paz, queria sentir o seu sangue circulando nas veias, escutá-lo fluir sem nenhum prejulgamento, nenhuma interferência. E dentro desse mundo que se revelaria como é, Lior aprenderia a se posicionar.

No começo a estrada era dominada por poucas plantações pintadas em verde bem claro, mas aparente, obra das pequenas comunidades que moravam por ali. Após mais de duas horas de viagem, já começava a dominar o visual árido do deserto, tanto amarelado como dourado, dependendo da posição do sol onipresente que reinava por ali. Israel é um país minúsculo, e é tão rápido cruzá-lo de norte a sul. Em uma viagem de sete horas um turista pode atravessar o país inteiro. Sem mencionar a distância quase inexistente de leste a oeste.

Lior amava seu país e conhecia bem o seu histórico. Cada esquina tinha sua própria batalha, sua própria prova e sua lição de vida. Cada época, desde os tempos bíblicos, com seus reis e suas guerras e seus templos, seus profetas e suas predições. Tudo estava lá inscrito na estrada que passava nos dois lados do ônibus que o levava para a conquista da liberdade. De vez em quando surgia a imagem da coitada da sua mãe. Ela não iria entender nada quando percebesse que Lior não tinha voltado nem à noite nem no dia seguinte e nem depois. Ele sempre a avisava onde estava e o que fazia. O que seria dela quando percebesse que seu celular estava desligado havia horas? Que a sua escova de dentes tinha sumido do copo perto da pia do banheiro? Que ele não deixara rastro nenhum? Que Adi, seu melhor amigo, não saberia lhe dizer nada sobre o sumiço do filho? E que a música estava tocando em som alto sem ninguém para ouvir, o que era completamente contrário às regras da família sobre deixar luz e som ligados na saída de casa, regra que Lior respeitava religiosamente? Ele tinha pena dela, pois sabia o quanto sua saúde andava frágil, o quanto era fraca. E em algum lugar esperava que seu sumiço lhe permitisse achar forças que até então ela ignorava. A respeito do pai, Lior nem se preocupava, pois aquele não merecia sequer um pensamento. O pai não buscaria compreender nada. Ele ligaria direto à polícia e avisaria que suspeitava que o filho tinha sido sequestrado pelos terroristas. Isso é um reflexo natural em Israel. Quando alguém sumia, por qualquer motivo, a primeira suspeita sempre era uma probabilidade ligada à base terrorista.

Ele não tinha definido um plano detalhado. A ideia era se afastar o máximo possível de Tel Aviv. Não sabia em qual parada exata iria descer. Na porta de qual pousada iria bater e passar a noite. Olhava em volta e decidiu avaliar o local que o convidaria para descer e nele ficar. Ele não adormeceu, tanto pela adrenalina que circulava nas veias como por querer ficar atento a respeito da escolha do seu novo lugar no mundo.

À primeira vista, o deserto parece todo igual. Olhando de perto, cada pedaço tem suas particularidades. Cada canto aparenta ser diferente do outro. Ele já tinha viajado pela região do sul tanto com a escola, como com seus pais. Não tinha muita opção de lugares para uma viagem de um curto dia de sábado, pois final de semana em Israel é composto de um dia só, o sábado. O domingo já contava como um dia habitual igual aos outros dias da semana. Várias vezes a família pegava o carro e decidia passar o dia à beira do mar Morto, que ficava perto de onde o ônibus passaria. Era o lugar preferido de seu pai. Ele costumava flutuar em suas águas salgadas para tratar dos seus problemas musculares e das articulações, sempre presas, travadas e doloridas. Nada que o mar

Morto pudesse resolver. O problema crônico do seu pai era bem mais profundo, além de todas as camadas vasculares e ósseas. Lior não quis descer até o mar Morto. Não queria nada que lhe lembrasse os dias em família em volta do pai se banhando, se tratando.

O ônibus fez uma parada num dos postos de gasolina da estrada. Uma parada comum nas viagens de longas distâncias. Alguns passageiros desceram para ir ao banheiro, outros aproveitaram para comprar refrigerante, e outros desceram somente para esticar as pernas. Lior também desembarcou e foi comprar uma garrafa de água no bar do posto. Ele escutou dois turistas perguntando à vendedora se ela conhecia uma pousada legal da região que poderia lhes recomendar. Segundo ela, a pousada do *kibutz* Ein-Adam ficava nas proximidades e eles poderiam se hospedar nela. Ele gostou da ideia e decidiu considerar o lugar quando o ônibus chegasse lá. Nem trinta minutos de viagem se passaram quando o motorista parou e abriu as portas para os turistas descerem. Eles já deviam ter pedido para encostar onde a vendedora do bar do posto tinha recomendado, mas demoraram para juntar seus pertences — duas enormes mochilas e ainda uma bagagem de mão cujas rodinhas Lior se perguntava se aguentariam as pedras do caminho de terra que os esperavam.

Bem no fundo do plano aparecia um oásis verde que deveria ser, calculava ele, o *kibutz* Ein-Adam. Sem pensar duas vezes, pois é assim que as melhores escolhas são feitas, ele decidiu desembarcar junto. Os dois turistas, um casal, pareceram surpresos quando viram que eles não estavam sozinhos no meio do nada. Eles se apresentaram e ficaram contentes de saber que era um israelense nativo que os acompanhava justamente aonde estavam indo. Era muito fácil achar o caminho, pois uma estrada única seguia na direção daquele oásis que brilhava ao fundo, e uma placa local sinalizou modestamente o nome do *kibutz* Ein-Adam. A marcha duraria pouco. A conversa foi imediata e bem cordial. Eles pareciam estar cansados. Já fazia duas semanas que visitavam Israel. Fizeram o norte inteiro, chegaram até a fronteira com a Síria, ouviram o barulho dos bombardeamentos caindo do outro lado da fronteira, ficaram alguns dias em Tel Aviv, amaram as noitadas da grande cidade, curtiram a cidade santa Jerusalém, nunca sentiram uma emoção igual, a cidade mais espiritual que jamais conheceram, tudo nela os inspirava, ela é linda, ela é poderosa, ela é única do gênero. Quando finalmente chegaram à recepção do *kibutz*, sorridentes com a poeira da caminhada grudada no suor, eles perguntaram se tinha como ficarem hospedados por uma noite, e Lior fez o mesmo. O moço da recepção foi gentil apesar de ter sido surpreendido com a solicitação de dois quartos sem reserva. Avisou-lhes que uma noite única daria para ficar, mas que, infelizmente, a partir do dia seguinte a pousada estaria completa devido ao grande festival de *jazz* que começaria nessa data. O *kibutz* estava lotado, com todas as reservas feitas com antecedência. Lior entregou o cartão de crédito como garantia de pagamento. Ele estava foragido de casa, mas não tinha problema nenhum em deixar rastro de que ainda estava vivo. Pensou na sua mãe que ficaria aliviada quando soubesse que usava o seu cartão. Que ele ainda estava entre os viventes. Em todo caso, não contava dormir no mesmo local por mais de uma noite. Até alguém chegar e procurá-lo no dia seguinte, ele já deveria ter seguido para outro lugar. O moço da recepção os acompanhou aos respectivos quartos e mencionou o jantar coletivo na grande sala, onde eles seriam bem-vindos.

O quarto lhe agradou, apesar de não apresentar nada além de uma cama e um chuveiro. Um quarto simples no andar térreo de uma fileira de quartos, que deviam ser todos parecidos. Já que não tinha nem computador, nem violão com o qual tocar, ele tirou seu livro da mochila, deitou na sua nova cama e mergulhou na leitura. No horror do Holocausto pela maneira brilhante como o autor o descrevia. Quis chorar. Pensou nos bisavós que nunca conheceu, todos sobreviventes do Holocausto. Ele não conseguia raciocinar como as nações vizinhas da Alemanha permitiram uma tragédia de tal monta acontecer. Onde estava a moral do mundo? Ele deixou as últimas páginas do livro para mais tarde e foi dar uma volta no *kibutz*. Tirou uma maçã da mochila e saiu mordendo.

O silêncio em volta o sossegou. Nenhum vento soprava no ar. Nada ao redor se mexia. As árvores recém-plantadas estavam paradas, quietas. Nenhuma formiga se arrastava no chão. Seco, árido, sedento, tudo à espera de algo que nunca chegaria. Após alguns momentos de caminhada, apareceu uma velha senhora empurrando um carrinho de neném que, por sua vez, procurava se fixar num galho balançando. Eles trocaram sorrisos sem emitir sons. Quando terminou de mastigar a maçã, deixou-a no pé de uma das árvores para fertilizá-la. Acelerou seus passos até que começou a trotar e depois correr. Ele era corredor nato. Quase atleta. Forte, com pernas compridas e musculosas. Correndo, passava pelas alamedas do *kibutz*. Chegou a uma cerca viva improvisada, que deveria marcar a divisa do *kibutz* com alguma vizinhança que ignorava, e continuou na corrida. Naquela hora, o sol já começava a desaparecer e o calor tinha se tornado suportável. Deixou o suor se espalhar por todo o corpo. Memorizou o caminho como na história de João e Maria, que tinha marcado sua infância. Chegou a cruzar a estrada do ônibus e seguiu correndo. O pôr do sol lento testemunhou o peregrino que vivia dentro dele. Quando sentiu suas pernas cansadas, ele retornou para a pousada. Tomou um banho que não era tão diferente daquele que costumava tomar na sua casa e foi jantar na grande sala do *kibutz*. Os dois turistas já estavam sentados numa das longas mesas comuns. Os dois já estavam devorando os pratos com frango, batata e salada. Ele se sentou junto deles. Aquilo não tinha nada de especial; no *kibutz* todos se sentam juntos nessas mesas longas sem lugares definidos. Após o jantar, foi se deitar.

No dia seguinte acordou e não lembrava se tinha sonhado. Tomou café naquela mesma sala de jantar da véspera e foi embora com a mochila nas costas sem se despedir de ninguém. Ele andava sem rumo, mas com uma intenção. Tudo o que queria era vivenciar. Se largando nas graças da vida. Se permitindo sentir.

A única proposta era aquela de ser. A mochila volumosa, porém leve nas suas costas, cooperava com a longa caminhada. O visual era sublime e o enchia de compaixão. Era somente aquilo que precisava para sentir a vida como ela era. O silêncio magistral do deserto era raramente interrompido pelos jipes e caminhões do exército que passavam por ali. O perigo estava ausente do ar. Ele pisava na areia avermelhada que não era mais dourada. E longe, no fundo do horizonte, brotava uma linha de montanhas vermelhas que o atraía. Ele pensou em perguntar a um nativo que encontrasse na próxima parada, a fim de planejar uma expedição na direção daquelas montanhas.

Caminhou até chegar a um vilarejo. Uma aldeia, um conjunto de ruas construídas. Tinha um pequeno centro comunitário, com as portas trancadas, deserto de gente. Tudo árido, mas com vida no ar. Viu os cartazes anunciando o festival de *jazz* que começaria naquela mesma noite. Ele se surpreendeu por não ter ouvido falar disso em Tel Aviv. Bem que o *jazz* não era seu gênero preferido, mas algumas bandas israelenses conhecidas iam tocar, e ele curtiu a ideia de assisti-las. A fome começava a incomodá-lo, e numa das ruelas viu uma cantina, onde prontamente entrou. O lugar estava vazio e não tinha ninguém atrás do balcão. O prato do dia estava escrito com giz na parede. Ele se sentou, esperando alguma alma viva aparecer. O ventilador de teto resmungava a cada volta que completava. Alguns instantes se passaram até que a garçonete surgiu de algum canto. Ela era bonita. Explicava que o almoço ainda estava sendo feito e que hoje eles teriam o seu prato preferido. Bolinhas de carne com molho vermelho e purê de batata-doce. Ele ficou encantado com o prato e com ela e pediu para ficar lá, esperando a comida sair. Ela tinha dois anos a mais que ele e pernas longas que seu *shorts* não escondia. Era magra, mas muito magra mesmo e sorridente. Levíssima. Ela contou que estava dando um tempo até sua ida pro serviço militar. Ela era daquela região e trabalhava na cantina havia um mês, desde que tinha concluído as provas no colegial. Perguntou o que ele estava procurando nesse lugar isolado onde não costumam passar pessoas da grande cidade de Tel Aviv. Ela mesma tinha visitado Tel Aviv poucas vezes na vida. Adoraria poder morar lá um dia no futuro. Ali, no Neguev, ela contava, tudo era devagar. Não tinha movimento. Todo dia era igual ao outro. Ela não suportava essa monotonia. A ausência de surpresa. A falta do verde. Ele a escutava e pensava consigo mesmo. Depois ele mencionou a linha das montanhas que quis tanto conhecer, e ela respondeu que lá já era Petra, na Jordânia. Que o lugar era lindo, que ela já tinha estado lá uma vez e gostaria de voltar novamente.

Quando terminou de almoçar, a cantina continuava vazia e ele era o único cliente, perguntou-lhe se existia uma sorveteria por perto. Ela respondeu que o acompanharia se a esperasse terminar de arrumar o balcão.

Na sorveteria, eles viram o cartaz do festival de *jazz* e ela lhe contou que ia assistir ao concerto mais tarde, naquela noite. Convidou-o para ir junto com uma naturalidade que ele nunca tinha visto antes. Ela tinha marcado de ir com amigos, e ele seria bem-vindo para se juntar a eles. Desde o ano passado eles esperavam o festival voltar à região. O único festival que foi se apresentar no sul.

"Como a vida era simples", ele pensava consigo. Em Tel Aviv nenhuma garota estaria tão sem frescura com um rapaz que não conhecia. Ele pediu que ela lhe indicasse uma pousada onde pudesse deixar sua mochila e voltar para dormir após o concerto. Ela o levou não longe da sorveteria até um pequeno hotel, onde ele alugou um quarto. Falou que passaria para buscá-lo mais tarde. Nem a hora exata ela marcou.

Ele terminou o livro *Maus* e adormeceu. Foi acordado com o som das batidas na porta de seu quarto. Era ela que voltava já arrumada para sair. Dessa vez, de minissaia preta e regata branca solta, que deixava seu corpo à mostra. Reparou que o tinha acordado. Ele foi pego de surpresa, mas não ficou incomodado com nada. De cueca, sonolento, ele pulou de volta na cama. Puxou o lençol. O ar-condicionado funcionava no máximo. Com algumas palavras descontraídas convidou-a para ficar à vontade. Ela se sentou à beira da cama. Ele era alto e forte e parecia ser mais velho do que realmente era. Era seguro e sem pressa para nada. Não pedia mais do que o presente lhe oferecia. Estava em paz com o momento e contente com sua conquista recente, que o tinha levado até o sul do país. Ela era impaciente, agitadinha e alegre. Curiosa, valente e se impressionava com o fato de que à sua frente se deitava, meio pelado, um rapaz recém-chegado da grande cidade onde as coisas aconteciam numa velocidade que ela queria tanto conhecer. E como no mundo das plataformas do Instagram, dos jogos eletrônicos e do FaceTime o tempo perdia a noção, os dois jovens, nem apaixonados, tão solitários, tão carentes, olharam um para o outro como se olha no espelho e, sem falar mais nada, se namoraram.

Ela aguardou ele sair do chuveiro, se vestir, pegar sua identidade, o dinheiro e o cartão de crédito, e os dois seguiram descendo para encontrar o grupo de amigos com os quais iam à primeira noite do festival de *jazz* no sul do país. O humor no carro era contagiante. As conversas ansiosas e as risadas chegaram até a balançar o pequeno Ford que um deles dirigia. Todos empolgados com a noite que os aguardava. Alguns contaram lembranças do festival do ano retrasado. Falaram das várias bandas que subiam no palco uma atrás da outra. Do som alto, da farra, da noite longa que passaram dançando e cantando até venerar o lindo nascer do sol no céu do deserto. Todos eles, exceto Lior, já estavam com suas entradas nos bolsos. Mas falaram que não seria difícil comprar uma entrada adicional na bilheteria.

Lior estava se sentindo emancipado. Radiante e repleto de uma felicidade que vinha em ondas, uma após a outra, e deixava nele estampada a simples noção da beleza da vida. Em algum momento, Dana, que se sentava ao seu lado no banco traseiro e com quem acabara de mergulhar nas águas mais profundas do próprio universo, avançava sua mão, primeiro na coxa até chegar e pegar na mão dele. Eles continuaram de mãos dadas pelo resto da viagem.

Quando chegaram perto do local, o trânsito já andava devagar. Havia um fluxo infinito de carros vindos de todo lado. Demoraram até entrar no que parecia um grande terreno improvisado como estacionamento. E por ali também tinha uma fila repleta de carros aguardando sua vez para entrar. Quando enfim se aproximaram da cancela, o rapaz encarregado estava passando, carro por carro, para avisar que o estacionamento já estava lotado, pedindo que todos dessem uma ré e procurassem outra alternativa para guardar seus veículos. Logo, as duas faixas do acostamento da estrada estavam sendo usadas para esse fim. A turma falava que nunca tinha visto tanta gente e tantos carros na região. Os organizadores também deveriam estar surpresos com o megassucesso do evento, bem além das expectativas. Tinha pouca presença de polícia nos arredores. A coisa toda parecia desordenada.

Na saída do carro, Dana não largava a mão de Lior. Estava gostoso prolongar a sensação de ser um conjunto. Foram todos em grupo em direção à bilheteria, abrindo caminho entre as centenas de pessoas que estavam como Lior, querendo comprar entrada. A fila da bilheteria estava mais parecida com um enorme bando de gado esperando pela ração, do que com fileiras compridas e organizadas. Todos sendo empurrados, encostados, puxados, e ficava difícil para a turma se manter unida. Era fácil se perder dentro da multidão. Uma bagunça só. Algum deles teve a ideia de comprar uma entrada que fosse um pouco mais cara, com os cambistas que estavam circulando por ali, gritando, oferecendo ingressos, aproveitando a alta demanda do povo, subindo o preço. Lior descartou essa possibilidade, pois quis pagar com cartão de crédito e guardar o pouco dinheiro que ainda tinha. Dana então sugeriu que a turma se separasse, ela ficaria com Lior na fila da bilheteria e encontraria com os outros perto do grande portão da entrada. O portão ia abrir dentro de alguns minutos.

Ficaram sozinhos, ele a beijou. Lior não tinha digerido todos os acontecimentos pelos quais tinha passado nas últimas 36 horas desde que tinha saído de casa. Ele se jogava na graça da vida e essa, no seu esplendor, o acolhia com toda a sua elegância. Tanta coisa boa que o devorava. Naquele momento, ele pensava em sua mãe, que deveria estar, naquela mesma hora, morrendo de preocupações. Esperava que ela soubesse crescer com a ausência dele. Pois, como ainda era somente um adolescente, ignorava o estado de mãe quando perde o filho. Nessas horas, o coração de mãe não cresce, ele desmonta e quase morre.

O concerto estava prestes a começar. Com o ingresso no bolso, Dana e Lior deram os primeiros passos em direção ao único portão da entrada. Já tinham notado que ia ser difícil se encontrar com o resto da turma no meio de toda aquela multidão. Os ruídos da exaltação do público que tinha conseguido entrar na área do concerto ecoavam soltos no ar. Gritos, palmas e assobios deixaram entender que a primeira banda já tinha subido ao palco. Tinha ainda muita gente de fora, tentando chegar na área delimitada com grades de alumínio, amarradas entre elas com correntes e argolas de aço. Já era possível ver o portão da entrada, mas ainda estava distante de Dana e Lior. De mãos dadas e apertadas, os dois se enfiaram entre as centenas de jovens que se apressavam. O sol já tinha se posto, mas o calor que persistia pesava e deixava o ar abafado. A densidade da multidão ameaçava esmagar os fracos. Os assobios do público assistindo ao concerto se intensificavam, e uma folia dominava o povo no deserto. Cada um por si, empurrando com força ao preço de atropelar quem estivesse ao lado. Disputas, xingamentos, palavrões e braveza nos olhos. O animal de dentro do homem se soltava, como um demônio uma vez domesticado, e guiava suas ações, chamando o egoísmo, a agressividade, a hostilidade, inflamando a fúria, excitando a ignorância, exorcizando a chegada aonde ia. Quando se aproximavam da entrada, tolhidos no centro do tumulto do bando, os dois pivôs do portão, também de aço, não resistiram à perversidade e à barbaridade que os sobrecarregavam por todos os cantos. Desmontaram, desuniram e caíram em cima de quem passava aos seus pés, como dois martelos atirados do céu. As mãos dadas, firmes que eram, não toleraram o impacto do colapso. Os que foram diretamente atingidos caíram primeiro, feridos. Os outros demoraram pouco mais até falhar e se entregar ao azar que fazia com eles o que queria.

A mão de Lior se desprendeu da mão daquela que o acompanhou nas horas mais lindas da sua jornada. A forte batida do aço o pegou no ombro, jogando-o no chão. Sem Dana, machucado, ele caiu na terra na qual contava ganhar sua liberdade. Desamparado, pisoteado por quem corria histérico por cima dele. Os berros de Dana chamando seu nome, procurando-o no meio do caos, não foram atendidos. Lior, se a escutava, não respondia...

Mais tarde, naquela noite, o telefone tocou no apartamento dos pais de Lior. Sua mãe, sem a coragem necessária, fixava seu olhar no aparelho. Ela não quis escutar o que a voz do outro lado tinha a lhe dizer. Ninguém sabe explicar como, mas uma mãe pressente quando se trata da alma do filho. O pai, que naquela tarde voltava especialmente cedo do trabalho, engajado nos esforços da busca pelo filho, somente após hesitar também, atendeu à chamada. Eles foram notificados pelo agente da polícia que uma tragédia tinha acontecido no festival de *jazz* no sul do país, e que o filho deles foi achado sem vida. A carteira de identidade de Lior, mantida no bolso da bermuda, eliminava a possibilidade de erro na identificação.

À beira do túmulo de Lior, depois que familiares e amigos já tinham ido embora, ficaram duas mulheres que não se conheciam. As duas em pedaços, lamentando, encurvadas, se entregando com a indiferença à força da gravidade do universo. Precisa querer se sustentar. Dana se aproximava da mãe de Lior e pegava em sua mão. Sem olhar quem era aquela que a segurava, com olhos meio abertos, meio fechados, a mãe continuava fixando-se no túmulo recém-cavado, perguntando a Lior aonde ia e por que a tinha deixado para trás.

Trinta dias depois do funeral, na ocasião de *matzeiva*, a colocação da placa de mármore que cobria o túmulo, após a reza, o pai de Lior que não estava acostumado a falar, pediu para dizer algumas palavras. Sem gravata, de bermuda azul, com a voz que tremia, ele contava que nas horas que ficava no quarto do filho, cheirando, chorando, lendo, procurando traços, na mochila, nas gavetas, nas estantes, ele descobriu o quanto o filho admirava os poemas de Rilke. Que só naqueles dias tinha lido com a atenção merecida o cartaz pendurado por Lior na parede. E que entre as outras anotações do filho havia mais um poema, sublinhado por Lior, que ele e a mulher decidiram, juntos, deixar gravado no túmulo: "Sem paz, sem amor, sem teto, caminho pela vida afora. Tudo aquilo em que ponho afeto fica mais rico e me devora" (Rainer Maria Rilke).

Ao canto

É tudo delírio,
casais se apagam por si sós,
pessoas do passado emergem
e flutuam dentro de mim,
outros mortais descem ao sul do país
para venerar o nascer do sol no deserto
e só você cravado no seu canto
num canto bem ao canto
você ama me amar de longe
numa cabana no limite da miséria
junto a um passarinho de verdade
que vive numa gaiola
vive você a vida de um monge que foi uma vez,
e eu toda tomada por você
inteira em chamas cruzadas
e não há água que apague
não há água no mundo que possa acalmar,
ferida após ferida
viram uma cicatriz ao lado da outra
e você fica no seu canto, bem ao canto,
tão distante de mim.
É tudo delírio.

A CONVERSA

— Eu nunca vou poder ser igual a você. Nunca vou ter a coragem que você teve de deixar tudo e viver a sua verdade. Na maior plenitude. Transparente na luz ofuscante da vida. Assim, sem vergonha, se expor, se colocar à frente do mundo, do jeito que você é. Até agora não consigo entender como ousou sair do seu casamento, simplesmente conversar, levantar e ir embora. Deixar para trás esse homem notável que era teu marido, deixar as filhas menores de idade e seguir um novo e solitário caminho. Você é realmente incrível. Fora do comum. Superior. Uma pessoa forte. Você assume, você enfrenta, você admite, com toda a responsabilidade e seriedade, que aquela que era ontem não é necessariamente aquela que você se tornou hoje. Nós outros não aprendemos a lição e fugimos do reconhecimento da nossa própria evolução. Difícil encarar a pessoa que nos tornamos ao longo do tempo. Mesmo vencendo as batalhas que a vida nos arma, escalando do fundo do abismo, carregando os rastros e os vestígios, voltamos a procurar a mesma trilha onde iniciamos a nossa jornada. É tão mais fácil voltar a ser a pessoa que éramos... Tão mais confortável voltar a ser aquela pessoa que nossa mãe educou. Por isso é que morremos na mesma aldeia em que viemos ao mundo. Mas você não tem nada disso. Estou vivendo uma história de amor com uma mulher primorosa. Você é parecida com as heroínas de meus livros, a Lou Andreas-Salomé, a Lady Chatterley, a Simone de Beauvoir, ela mesma. Você é imensa, fiel a quem você é, vive próxima da sua verdade. Você é sublime, porque sabe sentir, sabe amar, sabe atuar, tua beleza é eterna e corresponde a teu caráter divino, e porque você cheira igual a um jardim de narcisos mesmo após um dia de trabalho no teu ateliê. Tua pele escura sempre chama para ser acariciada, e teu olhar penetrante interroga sem atemorizar. Teu tato, quando se move, enlouquece qualquer pessoa, homem ou mulher. Você é grandiosa na tua essência, não finge nada, não teme nada e ninguém. Não te importa passar fome, você não foge da solidão, não vive carregando uma culpa como quem deve algo a alguém. Você flui na vida e a contagia com teu charme. Você é que atrai a vida, é ela que te segue, alucinada com as tuas curvas e exaltações. Você apela para as boas coisas, elas te abraçam e não te deixam cair. Por onde passa, você suscita admiração. Como uma passada calma do vento em dia abrasador, como uma raridade, você penetra no coração de quem te respira. Não sei como você ainda aguenta me amar, o que você acha em mim? Não dá para você me admirar, sou cagona, sou medíocre, sou uma qualquer, um acúmulo de nada comparado a você. Todo mundo é nada perto de você. Você me lembra das personagens de outro século. Me faz recordar dos grandes pensadores que viveram o que descobriram. Não existe jogo feio com você. Você poderia, bem que poderia, continuar a transar comigo e voltar logo depois para tua casa, para teu respeitável marido, tuas duas filhas, continuar morando neste belíssimo lar, a casa mais linda que jamais vi. Podia continuar a acordar todas as manhãs com a cor verde do teu jardim em torno da casa, com o aroma de jasmim entrando pelas janelonas constantemente abertas, perfumando teu mundo. Você poderia continuar a curtir os dois mundos. O que te custaria? Visitar teu marido uma ou duas vezes por semana, abrir as pernas e pensar na união da família, fechar os olhos e ver o sonho que você elaborou no dia de teu casamento. Podia continuar sendo mãe e esposa e dona da casa mais linda e a dona de meu coração que já é teu. Olhe pra mim, o que você vê, porque ainda me quer colada a você? Porque ainda me cheira, me acaricia? O que tanto me considera? O que tem dentro de mim que te fascina? Eu, a própria, cavo dentro e não descubro nada de glorioso. Até quando vai gostar de mim? Sou insegura. Sem coerência, não vivo ao ritmo de meu sonho. Você vive o teu. Ninguém leva a vida como você. Ninguém ama totalmente como você ama e ninguém age com tanta convicção, com tanta fé e compromisso. Parece que você tem um pacto assinado com Deus. Ele te protege, Ele te deixa experimentar do que tem do melhor neste mundo, você passa provando, anda na vida como numa balada perpétua onde os eventos são todos milagrosos. Todos querem te oferecer do que têm de melhor. Todos querem te deixar provar da pele, da sabedoria, do conhecimento, do voo, do mergulho, das trilhas nas montanhas, dos caminhos nas florestas, dos passeios nas ruelas de uma capital, Nova Iorque está aos teus pés, a Quinta Avenida e suas lojas esfuziantes imaginam a tua chegada, a Amazônia deitada como um tapete espera você passar, seus rios te aguardam, suas selvas anseiam acolher teus segredos e neles se aventurar. A procriação se coloca fácil ao teu alcance. Você trouxe a esse mundo duas filhas saudáveis sem o menor sofrimento. O orgasmo é seu culto trivial, que vem a você em ondas de prazer que somente os mais privilegiados conhecem. Mesmo a criatividade vive plena através de você. Tuas pintoras se vendem nas melhores galerias de arte. Tuas obras brilham intensamente. Tudo o que você toca vira ouro. Você é o ouro. E eu, olha bem para mim, o que está vendo a tua frente? Uma mulher pelada, com seios falsos, deitada na tua cama, inteira entregue por mais uma vez. Uma amante, nada além de uma amante, condenada a pisar no lugar em que você a encontrou. Não evoluí desde aquele primeiro dia em que nos conhecemos. Talvez eu tenha crescido, modestamente, porque fiquei na graça de teu sopro. Veja, mesmo tua sombra é rica, nutritiva e aconchegante. Talvez tenha derramado sobre mim um pouco da tua luz, migalhas da tua poeira que você dispara sem querer. Talvez tenha esparramado uma baga da tua majestade, um pingo da tua imensidão, algo raro que você anda emprestando aos outros quando está por perto.

— Pare de falar tanta besteira duma vez só. O amor não se mede com nada. Não há um medidor para o amor. Se eu te amo, é que te amo! Não preciso ter razões para te amar. Não preciso elucidar por que te amo. O amor não se explica. Ele não segue lógica nenhuma. Se precisa explicitar as razões e aclará-las, é porque não se trata de amor, mas de uma manipulação sentimental qualquer. E quem falou que não posso te admirar por quem você é? Sou eu mesma que sente se te admiro ou não. Sou eu que te enxergo. A forma como te vejo é somente minha. Você não é eu para saber o que mexe comigo e me conduz a te amar. A verdade simples é, se você quer saber, que nem eu sou capaz de definir o que me faz te amar. O que abrasa meu coração, o que inflama minha mente, o que orienta meu ser em tua direção. O que tem em tua criatura que não vi numa outra mulher. Porque você sim, e não mais ninguém. Se soubermos isso, descobrimos o segredo e a resposta à pergunta que ocupa as mentes em todos os tempos. Admiração não é uma emoção que persiste no absoluto. Posso até concordar que não existe amor sem a admiração. Mas pode-se também admirar o fraco, o frágil, o mal, o perverso, até alguém que machuca. Pode-se amar alguém que decepciona. Amor, admiração, atração. Quando você lida com eles, você roteia no terreno sagrado onde as regras são indefinidas. A admiração, como o amor, é particular. Subjetiva. Íntima. Porque uma pessoa é capaz de amar um assassino. Um alcoólatra. Porque amamos um parceiro que nos maltrata, que nos trai, que mente para nós. É um ponto privativo, sigiloso, que subsiste no interior de cada um.

Estou atraída por algo em você que me fascina, algo que me apela, algo que me encanta e me faz querer estar junto. Esse algo é vasto. Ele é o mistério, o segredo. E você, meu amor, é a única dona dele. Achei esse algo raro indefinido em você. Não sei se está no teu ar, na tua pele, no teu sorriso, na tua história, ou numa história que sozinha redigi quando te vi, e da qual você era mera inspiração. Sujeito ou inspiração, só sei que você é a única dona deste algo que me faz sentir o que amo sentir. Você fala tanto da minha coragem, mas essa não vem, não se arma, não se forma, não vence sem a visão da felicidade, sem a visão do desejo, e a visão é ausente sem o amor. A coragem nasce somente com a presença do amor. Eu ficaria casada com meu marido se não descobrisse o desejo que tenho de ficar com você. De lá até o acúmulo da coragem, o caminho é reto. Aquele meu compromisso com a verdade que você tanto elogia tampouco é perpétuo. A minha mera verdade está em mudança constante. Nada comigo é para durar até a eternidade. O sempre não existe no meu repertório. Sou efêmera, e por isso sou frágil e não tão forte como você me vê. Sou frágil na tua frente, quando você me beija, vulnerável no meu amor que depende da tua troca. Desarmada frente às minhas crenças e me aceito assim. Meu amor é efêmero, meus desenhos são, minha respiração é. Minha verdade responde às mudanças do clima e aos humores ao meu redor. Ela flutua por si mesma, sem qualquer patamar. Ela é uma célula independente da matriz. Minha verdade é ausente, até tal ponto que escapa de mim. Ela está no limite da loucura. Não tem razões claras que a conduzem. Sem regras, sem modelo. Minhas pinturas de hoje não casam com as pinturas de ontem. E quando vendo uma obra não fico pensando nela, nem quero mais vê-la. Ela nada mais é que uma verdade que uma vez vivi e nunca mais vou reencontrar. Minhas pinturas, como palavras ditas, voam ao vento e somem em algum lugar no universo. Um lugar que eu ignoro. E se falar de admiração, posso te idolatrar pela maneira que conversa com minhas duas filhas, pela tua escolha perfeita de palavras que faz na frente delas, sem nenhum esforço você acalma a inquietude delas e consola sua apreensão. Posso te admirar pela maneira como carrega teu corpo, pela delicadeza que coloca na tua vulgaridade apetitosa donde bebo minhas águas e sossego meu apetite, pelo cheiro forte de pimenta e gengibre que espalha de teu ser. Posso te venerar porque me leva para mais perto de mim, porque me faz conhecer um sonho novo que até então ignorei. Mas o sonho é meu. A lacuna é minha. A vontade vibra desligada de qualquer ordem. Eu te quero. Eu te quero agora. Eu te quero e desejo que esteja comigo quando puder. Quando vier. Não te julgo por não deixar tua família e ter a mesma conduta que eu tive. Te amo como você é. Respeito tua melodia. Não peço que reaja como eu. Não precisa me provar que me ama deixando teu marido e filho. Agora pare com essas bobagens, me elogiando a manhã toda, entre embaixo da manta porque o quarto está frio. O ar-condicionado não parou de funcionar e estou congelando aqui. Venha para mais perto de meu corpo e me aqueça com o seu. Não fale mais uma palavra. Não preciso ouvir nada disso. Não precisa me elogiar só porque deixei minha família e escolhi estar inteira em meu dia a dia. Foi horrível esse último período, evitando deitar na hora que ele ia pra cama, evitando encontrar ali alguém que já não queria. Só por isso me levantei e saí de casa. Não havia nada mais simples a se fazer. Sair de onde não estava bom. Iria ficar ali para quê? Esperando os ventos mudarem? Esperando sentir novamente a vontade que perdi? A vida quando se coloca no modo de pausa é dolorosa, é sem gosto, sem flor, sem finalidade. Nada vale pôr a vida em pausa.

Nada vale ficar à mercê da mudança do tempo. O tempo não é nosso. As estrelas, as mais magníficas das constelações, não irão sozinhas arrumar a nossa vida. Venha ainda mais perto. Vejo o seu sorriso e percebo nele tanta beleza, tanta pureza, tenho tanta vontade de me unir a ele, ao que está atrás dele, quero que seu sorriso me ame, quero que ele me queira e me receba. Não me admire por ter deixado minha família, só fiz isso porque não tinha graça nenhuma andar naquela casa evitando encontrar com o seu dono. Não o quis mais ao meu lado. Quis você. E já que descobri que a pessoa que quis foi uma mulher, fui ainda mais convencida de que o vento não iria mudar a favor, nunca testemunhei um vento soprando em direção oposta reparando seus feitos. Aquele homem não tem a tua pele, nem o teu cheiro, nem o teu corpo, nem o teu carma. Não tinha por que esperar que o amor voltasse a ser como antes. E o pior, quer ouvir? O pior de tudo talvez não seja o respeito da minha verdade, e sim a impossibilidade de aguentar a mentira. Não ia me aguentar mentir para ele, para mim. E não quis arriscar ter nojo de mim mesma. Não quis ter ânsia e cuspir me encontrando no espelho. Não quis me achar vivendo numa ilusão, viver como uma múmia, algo me toca e outro não me alcança. Que possa ser a mais viva entre os viventes quando estou com você e logo após morta e apagada, me arrastando no fundo do túmulo que parecia cavar dentro da minha própria casa. Nojo não só da mentira simples, escondendo com quem transei na véspera, mas nojo da ideia de que possa continuar vivendo meio viva, meio morta. E viver morta é a pior das mentiras. Ficar aguardando como a Branca de Neve até me tornar novamente a mulher que um dia fui?! Esperar parar de amar a mulher que amo?! Quem é capaz de andar constantemente para trás? Quem é capaz de ignorar a sua própria evolução? Quem é capaz de viver em negação, sem olhar, sem tocar, sem gozar...? Agora, me fale, por que eu te faço pensar na Lou Andreas-Salomé?

— Porque ela é a mulher mais brilhante sobre a qual eu já li. Ela fascinou todos os maiores pensadores de nosso tempo, Nietzsche, Freud, Rilke. Quebrou as regras morais da sua época. Inspiradora, musa, ela era uma fonte inesgotável de sabedoria e doçura, o símbolo da sensualidade inteligente. Ela era intensa e verdadeira. E tinha tua fluidez. Onde ficava, estava em sua totalidade, e um dia depois não estava mais, porque apareciam fissuras nessa verdade que fora tão grande uma vez, mas deixara de ser.

— O porquê de Lady Chatterley eu posso entender sozinha. Porque ela foi atrás do seu amor, certo?

— Sim, Lady Chatterley encontrou um amor bestial. Você me lembra a besta dentro de nós. Você é um ser consciente e evoluído, mas ao mesmo tempo atenta aos teus instintos bestiais. Sabia que a primeira vez que te vi, vestida de bata branca larga, teu corpo flutuando, bem confortável embaixo do pano que a abraçou como se fosse feito a tua medida perfeita, achei que estava alucinando, que essa mulher na minha frente não fosse deste mundo. Na hora achei que era mais lenda que pessoa de carne e osso. E você me fixou o olhar com uma curiosidade temperada de ternura que somente uma mulher que cisma sabe ligeiramente dosar. Fui atingida, mas nunca pensei que nos tornaríamos amantes, amores, cúmplices. Nunca imaginaria que deitaria entre tuas pernas tempos depois e lá encontraria as chaves da minha ventura, nunca imaginaria que seria inteiramente tua.

— Mas você não é minha. Você é de si mesma, tem tua família, marido e filho, que acho que nunca deixará. Eu não deixei a minha esperando que você deixasse a tua.

— Não?

— Não! Eu deixei porque eu não poderia não deixar. O que você fará com a tua vida é de teu domínio. Como você vai tratar com a tua verdade ou lidar com a mentira é questão tua. Não sei o que você deseja para você, como você quer passar o resto da tua vida. Não falo de como você quer ser lembrada, pois alguns dias após nossa morte ninguém mais vai pensar em nós. E se pensará, e o que pensará, não vai mudar nada para nós. A gente não vive para deixar uma impressão, nem uma lenda, nem um exemplo. Eu vivo para viver. Ninguém viverá minha vida em meu lugar. Cabe a mim viver a minha vida. Sem agradar ninguém. Sem magoar ninguém. Devo relatório somente a mim. Cada um com a sua capacidade de digestão da realidade e dos sentimentos. Não pedi para te amar. Não pedi para amar meu marido e para parar de amá-lo. Peço para viver plenamente o resto dos dias. Quero viver a vida conforme os valores que adotei. Não fazer ao outro o que não queria que me fizessem. Não quero deixar o tempo passar sem sugá-lo. Se pudesse, passaria o tempo te observando, conversando com você, te beijando o corpo todo, mergulhando dentro de você, chegando lá dentro da tua alma, alcançando essa energia delicada que somente você comporta, dialogando com esse teu olhar falante. Se pudesse, limparia as tuas lágrimas, que sempre brotam perto do final do nosso tempo. Se pudesse, viveria ao teu lado remediando teu passado trágico e o da tua família, o de teu povo, aliviando tua vulnerabilidade. Se pudesse, testemunharia teu balanço perpétuo ponderando tua relação com a fé e a ausência dela. Se pudesse, cresceria ao lado da tua precariedade plantada na casca de mulher madura que me fascina. Se pudesse, estaria a mulher mais realizada entre os viventes. Ao final, você é parecida com um cavalo que não tem consciência da própria força. Viu, isso me fascina em você. Acho magnífico. Quero poder te revelar a você mesma. Meu amor talvez esteja à altura de te servir como um espelho e te fazer enxergar quem você é.

(Um longo momento de silêncio...)

— No caminho de volta pra minha casa, dirigindo, ocupando sozinha o espaço vazio no carro, depois de todas as lágrimas que descem e lavam um pedaço da minha alma, penso comigo até onde vou poder levar essa relação. Quantas vezes mais vou entrar em casa pensando em você que ficou sem mim. Quanto tempo mais vou continuar te amando vivendo uma vida paralela. Cada dia fico mais feia aos meus próprios olhos. Devo ficar feia também aos teus. Não ouso me pedir ter a atitude que você teve. Eu não nasci livre. Não nasci em harmonia com a vida. Não nasci para ser feliz. Eu já nasci sendo uma sobrevivente. Meu pacto com a vida é diferente do teu. Eu temo o abandono. Temo ser deixada sem abrigo, sem recurso, sem nada. Temo viver com a falta. Temo errar. Temo perder o que já adquiri. Eu não sou a filha preferida de Deus, como você. Tudo sempre se arranja pra você. O fim do mundo não existe pra você. Eu lido todos os dias com o fim do mundo. Meus avós passaram anos fugitivos, presos, humilhados nos campos de concentração. Eu sou judia. Eu tenho um peso amarrado aos meus ombros. Nasci com essa carga. Eu não pedi pra carregá-la, mas fui treinada a andar com ela pra lá e pra cá. O passado me acompanha não somente como sombra, mas bem presente no centro do meu universo. Desde sempre rezo para algo que ignoro, temo o dia de amanhã, revivo a tragédia, a fuga, a guerra, a fome. Não me permito me aproximar das margens da vida, toda minha educação se baseava em como me afastar das margens da vida. Tenho sim a coragem, não para viver, mas para combater a morte. Não a morte na vida, mas a morte real, a morte tangível. Se me colocasse numa situação de ameaça de morte, eu sairia dela vitoriosa. Posso vencer uma doença, aguento arrancar as grades e fugir da prisão, tenho recursos para me refazer, mas não vou conseguir viver meus dias em paz de espírito. Sou fiel a algo que não escolhi, algo que não conheci, adepta do passado dos meus antepassados. Meu compromisso não é comigo, é ligado ao destino dos que nunca conheci, meus antepassados e os antepassados deles. Quantas vezes eu tinha desejado ter nascido numa outra família, ter tido uma outra história, ter sido a brota de outra raiz, ter vivido uma outra infância, sem o legado do sofrimento, do luto e da tristeza que não termina. Nunca te contei que a mãe de meu avô, a minha bisavó que nem foto dela tenho comigo, morreu, assim me contaram, no campo de concentração. Ela faleceu de agonia e de tanto chorar. Adolescente, pedi para ser a filha de uma mãe que passava seus dias fazendo compras. Se arrumando para sair às festas. Jogando sorrisos. Leve e solta. Minha mãe nunca se comportava assim. Ela lia livros de história e escrevia os dela. Estudava e pesquisava as atrocidades da guerra que matou sua família e tantas outras. Não havia lugar para lançar sorrisos à toa e sair dançando futilmente. Quantos anos de consultas, de horas de conversas no divã da terapia, mesmo depois de entender que o modelo não tinha sido construído por mim, eu não conseguia libertar-me da essência dolorida que mora dentro de mim e dirige a minha vida. Muito tempo depois eu entendi que a minha vida poderia ser diferente das minhas raízes. Que a felicidade não é um crime. Que estar segura e contente não é uma traição, que tenho o direito e posso desenvolver a capacidade de ser feliz. Mas até hoje, a felicidade, como um estado demorado e promissor, nunca se revelou pra mim. Eu te amo, ah, como te amo, não quero que nada pare entre nós duas, e, no entanto, não tenho a capacidade de nos unir além do que já somos. O tempo passa, ele não espera ninguém. Eu já passei metade da minha vida, mas precisaria nascer várias vidas mais para aprender a viver da maneira que você vive. Eu não confio na alegria como você confia. A alegria não é minha aliada. Minhas referências são outras. Sou agradecida por ter chegado até aqui, não consigo ser ainda mais exigente com meu dia de amanhã. Amanhã o mal pode chegar e tirar de mim tudo que acumulei. Pode tirar meu trabalho, meus livros, meu filho, minha terra.

Melhor então ficar quieta no meu canto. Não vou romper meu casamento. Não vou causar um tumulto no meu lar. Não vou privar do meu filho a ilusão da segurança e dos pivôs da pequena família que ele tem. Vou continuar a levar a vida como uma mesquinha. Se você soubesse até que ponto cansei de sonhar... Não tenho mais lugar onde armazenar meus sonhos. São tantos sonhos que nunca foram vividos. Tanto tempo gasto em redigi-los, um sonho mais belo que o outro. Nenhum se concretizou. Tua vida é maior que qualquer sonho meu. Você vive teus dias como num conto de fadas. Me leva junto dentro do teu. Me arrasta da minha conformidade, da minha mediocridade. Me chocalha do meu cansaço. Me liberta de meu temor. Me descarrega de meu peso. Me ajuda a viver. Mas saiba que a chance de eu ser uma dócil companheira é miserável. Sou inválida, meu amor, eu nasci assim...

O barulhinho dos periquitos que conversaram entre si, bagunçando um canto alegre no cume da árvore embaixo da janela do novo dormitório de Aninha, ecoava entre as paredes de branco cremoso recém-pintadas.

As duas se beijaram. Primeiro na boca, depois no rosto todo, até que vieram as mãos tocar em tudo que tinham direito. Cada uma colhia o que buscava. Tomadas pelo desejo de saborear carne e espírito. Viajando no monumento que a outra crescia para representar. A atenção do mundo girava em volta dessa massa unida.

Exceto elas e os periquitos que bagunçavam sem trégua, nada existia. Parecia que eram os únicos seres presentes, vivos, na rua, na cidade, na Terra.

Elas fizeram valer o amor que sentiam. Degustando o amor melado com sexo. Vivenciando o sexo banhado no amor. Sem saber qual dos dois era mais dominante, mais presente, a dádiva do amor ou o espanto do sexo. Amor e sexo. Juntos, sem contradições. Sem competições. A dose certa da ternura e da vitalidade. O grão supremo do ser. A besta apaixonada, a besta com ternura. Uma medida divina entre o corpo e o que vem com ele do além.

Naquela hora, Lila não temia o dia de amanhã e Aninha não tinha nenhuma mentira da qual devesse fugir. Elas estavam na mesma tonalidade, no mesmo ponto da constelação galáctica. O quarto tornou a ser uma nova estrela criada somente para as duas viverem plenamente o momento que o tempo lhes emprestava.

Coordenação editorial
Diana Szylit

Diagramação e capa
Alba Mancini

Fotografia da capa
Michal Orkibi

Preparação
Leonardo do Carmo

Fotografia da orelha
Mema Rio Branco

Revisão
Marina Saraiva

Colaboração na tradução do hebraico de
"Como átomo", "Resíduos de mulher" e "Sárale"
Rabino Ventura

Dados Internacionais de Catalogação na Publicação (CIP)
Andreia de Almeida CRB-8/7889

Safdié, Merav Bender de
#me / Merav Bender de Safdié. – São Paulo : Labrador, 2017.
176 p.

ISBN 978-85-93058-46-2

1. Contos brasileiros 2. Poesia brasileira I. Título

17-1316 CDD B869

Índices para catálogo sistemático:
1.Contos brasileiros

Editora Labrador
Diretor editorial: Daniel Pinsky
Rua Dr. José Elias, 520 – Alto da Lapa
05083-030 – São Paulo – SP – Telefone: +55 (11) 3641-7446
Site: http://www.editoralabrador.com.br
E-mail: contato@editoralabrador.com.br